# düzceli mehmet

HALİT ERTUĞRUL

NESİL

*Eğitimci-yazar Dr. Halit Ertuğrul, Adıyaman'ın Besni ilçesinin Şambayat nahiyesinde dünyaya geldi. İlkokulu doğduğu yerde, ortaokul ve öğretmen okulunu da Kırşehir'de okudu. Niğde Eğitim Enstitüsü'nü bitiren Dr. Halit Ertuğrul, daha sonra Gazi Eğitim Fakültesi, Eğitim Bilimleri Bölümü, Eğitim Yönetimi ve Denetimi Anabilim Dalından da mezun oldu. Cumhuriyet Üniversitesi, Kamu Yönetimi, Yönetim Bilimleri Bölümünde Yüksek Lisans; Sakarya Üniversitesi, Sosyoloji Bölümünde de doktora çalışmalarını tamamladı. Osmanlıdan Günümüze Azınlık ve Yabancı Okulları, Bu Okulları Bitirenlerin Türk Toplumunda Üstlendiği Roller isimli doktora çalışması, Kültürümüzü Etkileyen Okullar adıyla basıldı ve büyük ilgi gördü.*

*Yurdun çeşitli yerlerinde ilkokul öğretmenliği, okul müdürlüğü, Milli Eğitim Şube Müdürlüğü ve Milli Eğitim Müdürlüğü görevlerinde bulundu. Milli Eğitim Bakanlığı merkez teşkilâtına geçerek, Kurul Uzmanı ve Bakan Danışmanı olarak çalıştı.*

*Çeşitli üniversitelerde yöneticilik ve öğretim üyeliği yapan Dr. Halit Ertuğrul, yurt içi ve yurt dışında çeşitli bilimsel ve kültürel faaliyetlere katıldı.*

*Meslek hayatı boyunca, eğitim ve kültür alanında elliden fazla kitapları ve çok sayıda da makale ve yazıları yayınlandı. Kitapları sayısız ödül aldı ve çeşitli dillere çevrildi. Ayrıca, kitaplarının bazıları da, Milli Eğitim Bakanlığı ve Emniyet Genel Müdürlüğü tarafından tavsiye edildi.*

*Yayınlanan kitaplarından Kendini Arayan Adam, Düzceli Mehmet ve Aysel gibi eserleri yüzlerce baskı yaparak, erişilmez rekorlar kırdı.*

*Bilimsel ve kültürel faaliyetlerini sürdüren Dr. Halit Ertuğrul, çeşitli konularda konferanslar vermektedir.*

*Dr. Halit Ertuğrul, evli ve iki çocuk babasıdır.*

## HALİT ERTUĞRUL

www.halitertugrul.com • e-mail:halit1956@ttnet.net.tr

### YAYINLANMIŞ ESERLERİ

- Kendini Arayan Adam
- Kendimi Buldum
- Düzceli Mehmet
- Aysel
- Aşk Böyle Yaşanır
- Yeni Bir Hayat
- Dünyayı Ağlatanlar
- Uçurumdan Dönüş
- Gençlik Mektupları
- Adım Adım Evlilik
- Ailede ve Okulda Çocuk Eğitimi
- Kültürümüzü Etkileyen Okullar
- Dünyama Bahar Geldi
- Eğitimde Bediüzzaman Modeli
- Kendimizi Nasıl Yetiştirelim
- Öğrencinin Başarı Klavuzu
- Öğretmenin Başarı Klavuzu
- Siz Kimsiniz?
- Çocuğumu Bana Verin
- Selim ve Hande
- Kitap Okumada Yeni Teknikler
- Canan
- Bilimsel Çalışmada Yeni Teknikler
- Emre
- Okuyuculardan İbretli Mektuplar
- Günümüzden Hizmet Öyküleri
- Öğretmenlerden Hizmet Öyküleri
- Kendini Arayan Kadın
- Aradığını Bulan Kadın
- Gizemli Davet
- Üniversite Sınavını Nasıl Kazandım?

# İÇİNDEKİLER

# ÖNSÖZ

Çağımızda, toplumların ve ailelerin önemli dertlerinden birisi; "Gençlik Problemleri"dir. Günümüzde her toplum ve her aile, bu problemi az-çok yaşamaktadır.

Toplumlar üzerinde beklentileri, menfaatleri ve hedefleri olan kimseler, bu hedeflerine ulaşmak için genelde gençleri kullanmaktadırlar. Bunun için de gençler, her türlü zararlı oluşumların içine çekilmek istenmektedir.

İçkiden uyuşturucuya, inkârcılıktan yıkıcı ideolojiye, karanlık dünyadan gizli eylemlere kadar, her türlü zararlı faaliyet, gençlerin eliyle yürütülmektedir. Kısaca, toplum ve ailelerin, gençlik problemleriyle başları derttedir.

Günümüzde gençleri iki açık tehlike beklemektedir. Birisi; moral değerlerin deforme oluşu ve maneviyat çöküntüsü... İkincisi de; başı boşluk, kuralsızlık ve "banane"lik anlayışı... İkisi de toplum ruhunu ve devlet emniyetini alt üst eden gelişmelerdir.

Bunun içindir ki, inancını yitirmiş, hayata küsmüş, topluma başkaldırmış bir gencin, nasıl kontrol altına alınacağı ve nasıl ıslah edileceği konusu, günümüzün en önemli problemidir.

İşte elinizdeki Düzceli Mehmet kitabı, bu probleme çareler sunmakta ve çıkış yolları göstermektedir.

Düzceli Mehmet, inkârcılık ve başı boşluk içinde, topluma zararlı bir hâle gelmiş olan bir gencin, nasıl kurtulduğunu anlatmakta, çok çarpıcı ve çok ibretli olaylar sunmaktadır.

Tamamen yaşanmış olan bir olayı konu alan bu kitabı okurken; hem gençlik problemlerinin çözümünü bulacaksınız, hem de olayların heyecanından göz yaşınızı tutamayacaksınız.

Hem üniversite maceralarıyla, hem de Düzce depremiyle, Düzceli Mehmet; sizlere unutamayacağınız dersler verecektir.

Faydalı olması dileğiyle...

15.05.2000

Halit ERTUĞRUL

# OKULLAR AÇILIYORDU

Öğretmendim.

Okulumuz yeni açılmıştı.

Meslek hayatımın yirminci yılındaydım. Okulun her açılışında hissettiğim o tarifsiz mutluluğu, o doyumsuz iklimini yeniden yaşıyordum. Bu öylesine erişilmez bir haz ve lezzetti ki, öğretmenlik yapmaya bir insanın bunu anlaması mümkün değildi. Okula, mesai arkadaşlarına ve öğrenciye hasret kalmanın ne demek olduğunu, öğretmenden başkası asla bilemezdi.

Okul, öğretmen ve öğrenci... Birbirinden ayrılmaz ve ayrı düşünülemez bir şekilde, bir bütün oluşturmuşlardır. Birini diğerinden koparmak mümkün değildir. Bunun hiçbir maddi izahı da yoktur. Bu bir sevda, bir hasret ve bir gönül işidir.

Hele öğrenci öğretmen için neler değildir ki?

Bir öğretmenin, en büyük mutluluğu, huzuru ve yaşama direnci, onun öğrencileridir. Bu adeta bir ilaç ve bir huzur iksiridir. Bir öğretmeni, bu iklimden kopardığınız an, onun dünyasını yıkarsınız.

Şair öğretmen boşuna mı yanmıştır:

*Onlar benim her şeyimdir.*

*Hayat suyum, ekmeğim.*

*Gönül saksımda açan;*
*Mis kokulu çiçeklerim...*

*Onlar benim her şeyimdir.*
*Dualarım, dileklerim...*
*Ya Rab! Ayırma beni,*
*Onlar benim meleklerim.*

Meslek hayatımda yirminci defa aynı heyecan ve aynı duygularla okuluma ve öğrencilerime kavuşmuştum. İçimde, deryalar gibi coşan bu engin mutluluğun etkisinde o kadar kalmış olacağım ki, hiç farkında olmadan, adeta bütün öğrencilerimi bir çırpıda kucaklamak ister gibi, kollarımı açtığımı fark ettim, okula girerken... Sanki o esnada, bütün acılarım, bütün sıkıntıların ve bütün ve kederlerim bitmişti.

Okulun o büyülü havasını soluyan bir kişi; ekmeği, suyu, havayı ve mutluluğu başka bir yerde arayabilir mi?

Yine şair öğretmenin dediği gibi;

*Ben bir okulda doğdum.*
*Öğrencilerle büyüdüm.*
*Onlarla ağladım, onlarla güldüm.*

*İşte benim ödülüm, okuttuğum çocuklar...*
*Mezar taşıma "öğretmen" diye yazın.*
*Belki de gelip, dua okurlar...*

# DAHA İLK DERSİMDE SÜRPRİZ BİR GELİŞME

Bu hisleri, bu heyecanı ve bu duyguları yeniden yaşayarak, kendimi ilk dersimde bulmuştum.

Artık, yaz boyu hasretleriyle yandığım, üniversiteyi yeni kazanmış pırıl pırıl gençler vardı, karşımda...

Gözlerinde ürkek bir ışıltı, tatlı bir tedirginlik ve yeni üniversiteli olmanın heyecanı okunmaktaydı.

Elli kişilik bu sınıfın, yarıdan biraz fazlasını erkek öğrenciler, diğerlerini ise kız öğrenciler teşkil ediyordu.

Önce kendimi tanıtıp, öğrencilerin tedirginliklerini giderecek bir giriş yaptım. Okulun, okumanın ve bu zamanda üniversiteyi kazanmanın önemini anlatarak, ürkek yüreklerini onure etmeye çalıştım. Ayrıca, derslerden ve sınavlardan korkmamaları gerektiğini, devamlı ve düzenli çalışmaları hâlinde, beklediklerinin de üstünde bir başarı gösterebileceklerini ifade ettim.

Bu konuşma üzerine öğrencilerin; kısmen de olsa, tedirginliklerinden ve endişelerinden kurtulduklarını gördüm.

Sonra da, bir gelenek haline gelen, öğrencilerle tanışma faslını başlattım. Her öğrenci adını, soyadını ve memleketini söyleyerek, ne için öğretmenliği seçtiğini anlatıyordu.

Tanışma sırasında, isminin Düzceli Mehmet olduğunu söyleyen uzun boylu, hafif esmer tenli, saçlarını arkadan bağlamış, kulakları küpeli, kollarında ve boynunda bol aksesuar bulunan bir öğrenci dikkatimi çekti.

Üzerindeki elbisenin de garip renkler taşıdığı ve sıra dışı dikildiği belliydi. Öğrencinin yüz ifadelerinde ve ses tonunda, açık bir sertlik ve aykırılık hissedilmekteydi. Bu, bütün sınıfın da dikkatini çekmişti.

Tanışma bittikten sonra, her dönem başlarında yaptığım gibi, öğrencilerden neler isteyeceğimi ve neler bekleyeceğimi ifade etmek için, yeniden masaya geçerek konuşmaya başladım:

-"Arkadaşlar!" dedim. "Beni dikkatle dinlemenizi istiyorum. Bu dönem boyunca, sınıf disiplini ve düzeni konusunda bazı kurallar oluşturacağız. Birlikte tespit edeceğimiz bu kuralları bir metin hâline getirip, her öğrenci altını imzalayacak. Bu şekilde, bu kuralları birlikte tavizsiz olarak uygulayacağız.

Bu kurallar şunlardır:

1- Derse 5 dakikadan fazla geç kalan sınıfa alınmayacaktır.

2- Devamsızlık hakkını kullandıktan sonra, ders saati kadar bir defaya mahsus olmak üzere, ek mazeret hakkı verilecek.

3-Dersi birlikte hazırlanıp, birlikte işleyeceğiz. Söz almadan konuşulmayacak. Sınıfta bir kişi konuşurken, onun sözünü kesilmeyecek ve müdahale edilmeyecek. Hele, sert tepki göstermek ve sınıf ortamını gerecek davranışlarda bulunmak asla olmayacak.

4-Her görüşe, her yoruma ve her değerlendirmeye saygı gösterilecek. Eleştiriye açık olunacak, ancak eleştiriler yapıcı olacak ve kırıcı sözler söylenmeyecek.Söylenmesi gereken çok ciddi bir eleştiri varsa, bunu sınıfın huzurunda ve onur kırıcı bir şekilde değil, o kişiye özel iletilecek.

5- Sınıfta ideolojik olmak veya particilik yapmak gibi davranışlardan kaçınılacak.Kişilerin özel hayatları tartışılmayacak.

6- Maddî veya manevî anlamda, herhangi bir sıkıntısı olan kişiler, yardım için arkadaşlarını veya dersin öğretmenini haberdar edecek. Bu türlü özel durumu olan öğrenciler için birlikte çözüm üretilecek.

7- Araştırma grupları oluşturulacak.Bilimsel çalışmalara ve sosyal faaliyetlere desdek verilecek.

8-Kitap okuma ve inceleme çalışmaları yapılacak.Bunlar sınıfta değerlendirilecek.

9-Kararlara uymayanlar, sınıfın ortak tespitiyle cezalandırılacak.

10-Sınıfta başarı gösteren öğrenciler, yine sınıfın ortak kararıyla ödüllendirilecek.

11-Kararlar oy çokluğuyla alınacak.

"Bu kuralları, değerlendirmenize sunmak istiyorum. Hepsini madde madde tartışalım. Uygun bulmadıklarınızı, gerekçe göstermek kaydıyla çıkarabiliriz veya başka maddeler de ilâve edebiliriz. Birlikte mutabık kaldığımız maddeleri metin hâline getirip imzanıza sunacağım. Ne dersiniz?"

Öğrencilerde, belki de ilk defa böyle bir durumla karşılaşmış olmanın anlaşılabilir bir bir sessizliği vardı. Kafalarında, nasıl bir tepki vereceklerini henüz oluşturmadan, orta sıralarda oturan uzun saçlı ve aykırı görünüşlü öğrenci Düzceli Mehmet, izin almadan ayağa fırladı.

-"Bütün bunlar çok saçma şeyler," dedi. "Burası ortaokul değil, bir üniversitedir. Disiplin, düzen, kural ve yasak saçmalığına burada da mı devam edeceğiz?

"Biz buraya özgürce okumaya ve yaşamaya geldik. En nefret ettiğim şey, kurallarla, yasaklarla, yaşamaktır."

Ses tonunu daha da yükselterek:

-"Bunları asla kabul edemem. Kurallar beni sıkar ve huzurumu kaçırır. Eğer beni sıkboğaz edip, kurallara boğarsanız, burada bir gün bile duramam, çekip giderim."

Çevresini etkileyip, kendine destek bulma umuduyla etrafına şöyle bir göz attıktan sonra, konuşmasını sürdürdü:

-"Zannederim ki arkadaşlar da aynı görüştedir."

Düzceli Mehmet, heyecanlı, biraz da hükmedici bir ses tonuyla sıraladığı itirazlarını daha bitirmemişken, en arka sırada oturan bir başka öğrenci aynı sertlikteki bir ses tonuyla, Mehmet'e dönüp;

-"Bana bak arkadaş" dedi. "Kendi saçma görüşlerine bizi alet etme. İnsanların bulunduğu her yerde kurallar vardır. Burası dağ başı değildir. Kurallar olmazsa, düzen ve çalışma disiplini nasıl oluşacak?"

Bir başka öğrenci:

-"Memlekette demokrasi var," diye çıkıştı. "Kararlar ortak alınır. Hocamızın da önerisi zaten böyleydi. Hiç kimse, kendi keyfine ve arzusuna göre çevresine hükmedemez."

Bir kız öğrencinin çıkışı da, bir başka boyutu oluşturuyordu:

-"Senin hiçbir şeye itiraz etmeye hakkın yoktur. Baksana hâline, istediğin gibi giyiniyor ve konuşuyorsun. Ya bizler, başımızı açıp, ondan sonra derslere girmek zorunda kalıyoruz. Bu konuda konuşması gereken varsa bizleriz, siz değilsiniz."

Adını Düzceli Mehmet olarak ifade eden aykırı öğrenci,

beklemediği bu reaksiyon karşısında şaşırmıştı. Öğrencilerden destek beklerken ilk tepkiyi onlardan görmüştü.

Sağdan soldan gelen yoğun eleştiriler karşısında bunalan Mehmet'in imdadına ben yetiştim.

-"Arkadaşlar," diye yükselttim, sesimi. Önce herkes yerine otursun ve beni dinlesin."

Sınıftaki dalgalanma bir anda durdu. Ben de konuşmaya başladım.

-"Şimdi, sınıfta neden bazı kurallar oluşturmak istediğimi, herhalde çok iyi anladınız. Çünkü, kuralların olmadığı yerde, düzensizlik, kargaşa ve boğuşma vardır. Kurallar yerli yerinde kullanıldığı zaman, kimsenin hayatını kısıtlamaz ve engellemez. Tam aksine, iyi işleyen kurallar; düzenli, tertipli ve huzurlu bir hayat biçimi oluşturur."

Konuyu değiştirerek konuşmama devam ettim:

-"Düzceli Mehmet'in birazcık sert çıkışını ve görüşlerini açık bir dille ifade edişini, çok yadırgadığınızı görüyorum.

"Üniversiteye gelmiş olan siz değerli arkadaşların, bu konuda biraz daha anlayışlı olabileceklerini beklerdim."

Öğrencinin birisi:

-"Yani, Mehmet'in bu davranışını doğru buluyor musunuz, hocam?" diye atıldı.

-"Hayır... Anlatmak istediğim ve hoş gördüğüm taraf, Mehmet'in davranışları değildir. İfade etmek istediğim şudur:

"Sınıfta her öğrenci, rahatlıkla kendisini ifade edebilmeli, görüşlerini anlatabilmeli, faydasına inandığı yorumları yapabilmelidir. Ancak bu şekilde uzlaşma ve ayrılma noktaları anlaşılır, kişiler daha iyi tanınır ve problemlerin konuşarak çözülmesi daha rahat gerçekleşir.

"Olaylara farklı bakışımızın, farklı yorumlamamızın ve farklı değerlendirmemizin çok tabiî ve çok doğal bir şey olduğuna artık alışmalıyız. Bizler makine aksanı değiliz ki ebadımız, tonajımız, hızımız ve yönümüz aynı olsun.

"Farklı olmak, farklı bakmak, farklı görmek ve farklı düşünmek canlılık, hareket, yenilik ve alternatif çokluğu meydana getirir. Bir bilim yuvası olan üniversitelerimizde buna çok ihtiyaç vardır.

"Aynı şeyleri düşünen bin tane insan, bir insan gibidir. Dolayısıyla, bu sınıfta herkes rahat konuşabilmeli ve konuşana karşı da sabırlı ve saygılı olmayı öğrenmelidir."

Orta sıralarda ve başını önüne eğmiş vaziyette oturan Düzceli Mehmet'e doğru baktım. O esnada bakışlarımız bir anda buluştu. Yüzündeki ifadelerden, bu sözlerime çok memnun olduğu anlaşılıyordu. Çünkü, kendisini ağır bir şekilde eleştireceğimi beklerken, âdeta destekler bir tutum içine girmem, onu rahatlatmıştı.

Biraz daha onure etmek için devam ettim:

-"Arkadaşlar aslında siz Mehmet'i yanlış anladınız. Mehmet de heyecandan olsa gerek, kendisini yanlış ifade etti. Eğer konuşmasına müsaade etseydiniz, inanıyorum ki, daha güzel şeyler söyleyecekti. Hava bir anda gerginleşince, o da farkında olmadan o gerginliğe kapıldı ve kontrolsüz bazı şeyler söyledi.

"Tabiî ki karşı çıkan arkadaşlar da haklıydı. Onlar da bazı doğrulara işaret ettiler.

"Ortada yanlış olan, tartışma üslûbu ve birbirinize olan yaklaşım şeklinizdir. Ama inanıyorum ki bu sınıfta güzel şeyler konuşulacak, tartışılacak ve isabetli sonuçlar elde edilecektir."

Sınıfın bir anda tansiyonu düştü.

Gerek Mehmet ve gerekse de karşı çıkan öğrenciler rahatlamış ve herkes almaları gereken mesajları almıştı.

Sert başlayıp olumlu biten bu ilk ders, önemli gelişmelerin habercisi niteliğinde bir iklim oluşturmuştu.

İlk dersteki bu tartışmadan sonra, eğer Mehmet'te; bazı insanî değerler, vefa duygusu ve saygı anlayışı varsa; mutlaka yanıma gelir, en azından teşekkür eder, diye düşünmeye başlamıştım.

Ama, kuralların anlamsız olduğunu savunduğu gibi, insanî değerlerin de anlamsızlığını düşünüyorsa, tabiî ki böyle şeyler beklenemezdi.

Düzceli Mehmet'in psikolojik yapısını tanımak için, bu konuyu kafamda bir ölçü olarak canlandırmıştım.

# BENİ NEDEN KOLLADINIZ?

Beklediğim oldu, teneffüste odama geçer geçmez, ardamdan da Mehmet geldi. Henüz ne niyetle geldiğini bilmememe rağmen, halinden ve davranışından derin bir mahcubiyet anlaşılıyordu. Bu durum, Mehmet'e karşı içimden anlayamadığım bir acıma ve bir merhamet duygusu oluşturmuştu.

Biraz çekingen, biraz da ezik bir eda ile:

-"Hocam, müsaitseniz biraz konuşabilir miyiz?" dedi.

Ayağa kalktım, elini sıktım ve oturması için yer göstererek;

-"Tabiî ki konuşabiliriz," dedim. "Şöyle buyurun."

Hemen ardından, birer çay söyledim ve sıcak bir hava oluşturmaya çalıştım.

Kendisini ayakta karşılamam ve tahmin etmediği kadar yakınlık ve ilgi göstermem, Mehmet'i hem sevindirmiş, hem de mahcup etmişti.

-"Hocam, sınıftaki kaba davranışımdan dolayı özür dilerim", diyerek söze başladı, ezile, büzüle.. "Ama öyle bir nezaket dersi verdiniz ki doğrusu çok utandım."

-"Hayır, üzülme Mehmet" diye araya girdim. "Biz bunlara alışkınız. Hem şunu bil ki, asla sana kırılmadım."

Mehmet, merak ettiği esas konuya gelerek:

-"Hocam," dedi. "Neden beni kollama ihtiyacı hissettiniz? Beni mahcup edip bir daha konuşmayayım diye mi? Yoksa, beni yanına çekip, bazı doğruları anlatayım diye mi?"

Çok zeki bir gençti. Zaten düşüncelerini en aykırı bir şekilde ortaya koyabilme cesareti bunu ispatlıyordu. Ayrıca konuyu ele alış şekli de bunu göstermekteydi.

Gülerek cevap verdim:

-"Benim asıl niyetim seni kollayıp, mahcup etmek veya yanıma çekmekten ziyade, sınıfa bazı kurallar yerleştirmekti. Bu durumda hangi öğrencim olursa olsun aynı şeyi yapardım."

Başını eğdi ve hafifçe salladı.

Konuşmama devam ettim:

-"Benim çok önemsediğim, en önemli kural, herkesin rahatlıkla konuşabilmesi ve konuşana karşı saygı gösterilmesidir."

Pervasız bir eda ile:

-"Neden bu kadar demokratsınız, hocam?" diye ortaya atıldı birden.. " Ben bu davranışı ne bir dindar hocadan ve ne de ilerici bir eğitimciden görmedim. Bunun özel bir sebebi var mı sizce?"

Düzceli Mehmet de beni onure etmek istiyordu. Bu iltifattan o anlaşılıyordu.

-"Hayır," dedim. "İnanıyorum ki, birçok öğretim üyesi arkadaşım aynı şeyi düşünür ve aynı şeyi yapar.

"Bu konudaki benim esas felsefem şudur, benim; Mutlaka farklı görüşler dillendirilmelidir. Konuşan insanı susturmak çare değildir. Konuşan insan görüşlerinin yanlış olduğunu anlayınca susar. Yoksa, zorla susturulursa illegal yollardan konuşmaya başlar. Bu ise, birçok yönden sıkıntı meydana getirir.

"Konuşan insandan zarar gelmez. Asıl zarar, konuşturulmayan insandan gelir. Farklı görüşler, güzelliktir, yeniliktir. İnsanlar arası uzlaşma konuşarak ortaya çıkar. Yoksa, uzlaşma adına susturulan insanlar, gizli ve sert bir muhalefet oluşturur. Bu da toplumsal huzura zarar verir.

"Bunun için, sınıfta açık yüreklilikle görüşlerini ifade edişinden dolayı seni kutlarım. Yadırgadığım taraf ise üslubunuzdur. Karşılıklı anlayış içinde görüşlerini ifade etmene devam et. Benden sana tam destek gelecektir."

Düzceli Mehmet, bütün bütün rahatlayarak, gözlerini masumca bana çevirdi.

-"Bunları duyduğuma çok sevindim hocam," dedi. "Belki de inanamayacaksınız ama, ilk defa bana yakınlık gösteren, görüş ve davranışlarımı anlayışla karşılayan bir hocamla tanışıyorum."

"Ne yapayım, beni de böyle kabul edin. Sözümü sakınmayı pek beceremem. Her yerde söylerim. İnandığım doğruları ifade etmekten, kendimi frenleyemem. Açık sözlü oluşum, kendimi derhal deşifre edişim ve her yerde, birçok şeyi ifade edişim bana çok pahalıya mal olmuştur. Ama umurumda değil. Ben bildiğim doğruları konuşmazsam ve bildiğim doğrularla yaşamazsam, mutlu olamıyorum."

Bu sözler bir art niyetin, bilerek zararlı bir hayatı tercih etmenin veya yanlış bir anlayışta ısrar etmenin ifadesi değil; doğru olduğuna inandığı bir yoldan; açık yüreklilikle, mertçe ve ısrarla yürümenin bir sonucuydu.

# KURALSIZ GENÇLİK FELSEFESİ

Mehmet'i fazla sıkmamak için konuyu değiştirdim. Bu açık sözlü, mert ve pervasız genci, biraz daha yakından tanımak istedim.

Önce kendisinden ve ailesinden söz açtım. Bir erkek, bir de kız kardeşi varmış. Mâlî durumlarının da iyi olduğunu söyledi.

Konuyu, hoş bir sohbet havasına çekmek için;

-"Mehmet," dedim. "Ailevî problemin ve mâlî sıkıntın olmadığı anlaşılıyor. Bu 'kuralsızlık' felsefesi de nereden oluştu?"

Çok önemli ve çok anlamlı bir konuya giriş yapar gibi kendini toparladı.

-"Hocam," dedi. "Çok kitap okurum, çok gezerim ve insanlarla ilişki kurmayı çok severim. Özellikle de farklı ve alışılmamış şeyler, ilgimi çok çeker.

"Düzenli, oturmuş, plânlı ve monoton bir hayat bana göre değildir. Yaşadığım hayatın kurallarını kendim koymalıyım veya beni engelleyecek her kuralı kaldırabilmeliyim.

"Zevkime, görüşlerime, tarzıma mâni olan her şey bana göre kötü şeydir. İstediğim gibi gezmek, istediğim gibi giyinmek, istediğim gibi yaşamak istiyorum."

Sormak isteyip de, kırmamak için soramadığın bir konuyu, sanki içimi okurcasına kendisi açtı.

-"Hocam, bu anlattıklarımdan sonra, aklınıza gelmiş olduğunu düşündüğüm inanç boyutumu herhalde merak ettiniz."

Gülerek:

-"Evet," dedim.

-"O zaman açık bir şekilde ifade etmek isterim.

-"İlkokul ve ortaokul döneminde, din ve dine dâir şeylere karşı büyük bir ilgim vardı. Gerek öğretmenlerimizin, gerekse de arkadaşlarımızın tavsiye ettiği kitapları okuduktan sonra, dikkatlerim başka dünyalara kaydı."

-"Ne gibi?" diye sordum.

-"Materyalizme ve Darwinizme karşı ilgi duydum. Bu konuda ciddî çalışmalar ve araştırmalar yaptım, kendime göre..."

-"Peki sonuç? Geldiğin nokta?"

Çok önemli bir soruya cevap vermenin ciddiyeti ve kararlığı içinde, başını yeniden kaldırdı. Bakışlarını benden kaçırarak konuşmasını sürdürdü:

-"Din ve Allah'la ilgili bilgilerin ve görüşlerin, çağın çok gerisinde kaldığına inanıyorum. Asırlar önce ortaya atılmış bir yaşam biçimiyle, uzay çağını yaşamak bana çok saçma geliyor.

"İnsanlar istedikleri şeye inanabilirler. Onlara gerçekten saygı duyuyorum. Çünkü, benim anne ve babam da namaz kılıyor. Ama ben böyle şeylere inanmıyorum.

"Benim için tek geçerli yol, kuralsız, açık ve engelsiz bir yaşam biçimidir. Dilediğim gibi, özgürce ve gerektiğinde kuralları kendim koyarak..."

Mehmet'i oldukça ciddiye alarak;

-"Peki bu mümkün mü?" diye sordum.

-"Değilse bile, en azından öyle olmasını arzu ediyorum"

-"Dinden ve Allah'tan kaçışının nedeni, yaşamına engel olacak bazı kurallar getirdiği için mi?"

-"Evet. Çünkü, dinler insanların tam zevk ve keyif almalarını engelliyorlar. İnsanın tam zevk ve keyif alması ve dilediği biçimde bir hayat oluşturması için, dinden ve dinin kurallarından kurtulması lâzımdır. Hatta bu konuyu zihninde silip atması gerekir."

-"Yani bu konuları düşünmek de mi, seni rahatsız ediyor?"

-"Hem de çok..."

-"Peki seni rahatsız eden bu düşünceden nasıl kurtulmayı düşünüyorsun?"

-"Bu hiç düşünmeyerek, tabi... Çünkü, yaşadığım hayatta kurallar olursa huzurumu bozuyor. Yaşam zevkimi engelliyor."

-"Yani, aklını susturmak istiyorsun, öyle mi?"

-"Evet."

-"Peki, sus demekle akıl susuyor mu?"

Cevap vermemek için konuyu değiştirmek istedi. Ama ben üsteledim. Sorularımı sürdürdüm.

-"Peki mâdem böyle düşünüyordun da neden kuralların işlediği, sorumluluğun arttığı ve sürekli çalışmanın yapıldığı bir üniversite ortamını tercih ettin?"

Bu soruya cevap verirken epeyce zorlanmıştı. Ama yine de bir sebebin arkasına sığınmak istedi.

-"Bunu ben istemedim", dedi "Babam bir üniversite okumazsam, beni evlâtlıktan reddedeceğini ve harçlıkları da keseceğini kesin bir şekilde ifade edince mecbur kaldım."

-"Yâni, niyetin okumaktan ziyade babandan para sızdırmak öyle mi?" diye güldüm.

Kendisi de bu espriye katılarak;

-"Öyle de, sayılabilir." dedi.

Belki de sorulardan bunalarak veya cevap vermekten dolayı güçlük çektiği konuların açıldığı için birden ayağa kalktı;

-"Hocam benim çıkmam gerekiyor"

Elini uzattı.

"Çok memnun oldum", dedi. "Sizleri sık sık ziyaret edeceğim. Sizin varlığınız, bu sıkıcı yerde benim için bir ümit ışığıdır."

Çıktı. Sözlerinde riyâkârlık yoktu. İçinden ne varsa onu söylüyordu. Dolayısıyla güvenilir ve samimî bir gençti.

Bu atak, yetenekli, mert ve girişken gencin; başıboş, inançsız ve acımasız bir hayatın pençesinde, nereye doğru gittiğinin farkında bile olmadan ısrarla ve inatla yoluna devam etmesi beni çok üzmüştü. Dindar bir aileden, inkârcı bir çocuk... Eğitim sisteminin çarpık, karışık ve karanlık yapısından başka türlü ne beklenebilirdi?

Gerçekten çok üzülmüştüm. Düzceli Mehmet ve buna benzer daha çok gençler kurtarılmalıydı. Bu sorumsuz hayat anlayışı içinde yetişen insanlar, hem devletin, hem toplumun, hem de ailenin baş belâsı olacaklardı. Bu yüzden, patlayan silâhlardan, yanan ocaklardan ve ağlayan annelerden çok dersler alınmalıydı.

Konuyla ilgili olarak, Bedîüzzaman Saîd Nûrsî'nin Muhakemât isimli eserindeki şu tespitleri hatırladım.

"Her insan hak fıtratı üzerine doğar. Hakkı (doğruyu) ararken bazen eline bâtıl (yanlış) geçer, hak zanneder, koynunda saklar."

En büyük yanlışı doğru telâkki ederek, kendisine hayat felsefesi yapan insanları uyarmak, uyaranlara destek olmak, toplumun huzuru için çok önemli bir görevdir. Bu önemli vazifenin ifasına benim de katkımın olması için, Allah'a dua ederek odamdan çıktım.

## İKİNCİ DERS

İkinci hafta aynı sınıfa derse girdiğimde gözlerim Mehmet'i aradı. Acaba ilk karşılaşmamız, onun üzerinde olumlu mu, yoksa olumsuz bir etki mi oluşturmuştu? Çok merak ediyordum.

Yine orta sıralarda uzun saçları ve çok belirgin elbise modeliyle kendini belli ediyordu.

Çevresindeki öğrencilerle çabuk kaynaştığı belliydi. Onlarla sıcak ve yakın diyaloglar içindeydi. Etrafındaki arkadaşlarıyla ilgileniyor, anlatıyor ve dinliyordu. Her hâliyle girişken, faal ve sıcak kanlı bir gençti. İlk dersin, soğuk, sert ve aykırı davranışlarını, kısmen de olsa üzerinden atmışa benziyordu.

Bu davranışını, kendi fikir ve görüşlerine taban oluşturmak ve kendine yakın sempatizanlar bulmak olarak yorumlamıştım. Başka bir ifadeyle, çevresini genişletip bir grup oluşturma çabası içinde olduğu belliydi.

Dersin konusu insandı. Toplumun en küçük bireyi olan İNSAN'ı anlatacaktım.

İnsanı anlatırken de öğrencilerin görüşlerini alıp bu şekilde sınıfın ortak nabzını da tutmuş olacaktım.

Öğrencileri selâmlayıp, hâl hatır sordum. Sınıfı derse hazırlamak için, okula ısınıp ısınmadıklarını gündeme getirdim. Bu konuyla ilgili, karşılıklı kısa konuşmalar geçti.

İşleyeceğim konu gereği; "İnsan nedir?" diye sınıfa bir soru sorarak derse başladım.

Bundaki amacım, hem dersi câzip kılmak, hem de öğrencilerin konuyla ilgili görüşlerini anlamaktı.

Öğrenciler bu soruya karşı önce sessiz kaldılar, sonra da görüşlerini belirtmeye başladılar.

Söz alan öğrencilerin büyük çoğunluğu insanla Allah ve din arasında ilgi kurup, insanın bir amaç için yaratıldığı, en mükemmel bir varlık olduğu, öldükten sonra da bir hesâbı bulunduğu yolunda görüşler beyan ediyorlardı. Bu durum sınıftaki öğrencilerin büyük kısmının dinî ve millî görüşleri benimseyen gençler olduğu kanaatini uyandırıyordu.

Beklediğim gibi Düzceli Mehmet de söz aldı. Kendisine has, heyecanlı, açık ve gür ses tonuyla:

-"Ben bu konuda arkadaşlardan farklı düşünüyorum" diye söze başladı. Yine üslûbunda hissedilir bir sertlik ve pervasızlık vardı.

"Öncelikle şunu belirteyim ki, ben hesap-kitap işine inanmam" dedi. "İnsan, çeşitli evrimler sonucu bu hâle gelmiş bir canlıdır. Bu hâle gelmesi için de herhangi bir yönlendirmeye ihtiyaç yoktur. Mekanizması kendi kendini yenileyecek durumdadır.

"İnsan, ayakta kalabilmek ve kendini koruyabilmek için bazı kanunlar geliştirmiştir. Toplumsal yaşamda ortak değerlerin oluşmasıyla da bugünkü duruma gelmiştir.

"İnsanın bu hâle gelmesinde ve yaşamını sürdürmesinde kimseye karşı bir borcu yoktur. O hayatını en iyi şekilde yaşayıp, çekip gidecektir. O insan için de her şey orada bitecektir.

"İnsan mutlu olması için, yalnızca kendi hayatını düşünmeli ve hiçbir yaptırımın ve kuralın esiri olmamalıdır."

Mehmet, savunduğu görüşleriyle, insanın var olması için bir yaratıcıya ihtiyacı olmadığını ve kimseye karşı da borcu bulunmadığını ortaya koymak istiyordu. Bu şekilde, kulluğun ve vatandaşlığın sorumluluğundan da kaçmayı düşünüyordu.

Mehmet'in ileri sürdüğü fikirlerin temelinde Materyalizm'in, Marksizm'in ve Darwinizm'in görüşleri yatmaktaydı. Mehmet'in nelerden etkilendiği ve daha çok ne tür kitaplar okuduğu, ortaya çıkmış oluyordu.

Mehmet'in ortaya koyduğu görüşler, sınıftaki öğrencilerin sert tepkisine neden olmuştu. Ama duruma derhal müdahale edip:

-"Daha isabetli görüşü olan varsa, söz alsın ve konuşsun. Bunun dışında başka bir yol denemeyin" diye bütün öğrencileri yeniden uyardım.

İnsanla ilgili olarak ileri sürülen farklı görüşleri özetledikten sonra dersime döndüm.

# İNSAN NEDİR?

Sözlerime, Alexis Carrel'in, insanla ilgili şu tespitiyle başladım:

-"İnsan önce kendini tanımalı ve kendisini bir kitap gibi okumalıdır. Kendisini okuyamayan insan, kâinatın en ince sırlarını bilse de yine de câhil kalır."

O esnada bir öğrencim devreye girerek:

-"Hocam," dedi. "İnsanla ilgili güzel sözler bulmak için Batıya gitmenize gerek yoktur. Bu güzel sözlerin daha özlüsünü ve daha isabetlisini, kendi içimizde doğup büyümüş olan değerli âlimlerimiz ve bilim adamlarımız da söylemiştir. Meselâ; Beduiüzzaman Said Nursî'nin 'Ey kendini insan zanneden insan, kendini oku...' diye başlayan çok güzel bir sözü vardır. Buna daha başka ilâveler yapmak mümkündür."

-"Doğru söylüyorsun" diye tasdik edip sözüme devam ettim.

-"Arkadaşlar, hiç kendi kendinize, 'Ben kimim? Neyim? Nereden geldim? Ne için geldim? Amacım nedir? Nereye gidiyorum? Kime borçluyum?İnsan olmanın bir bedeli ve bir hesabı yok mu? diye düşündüğünüz ve hatta kendinizi bunun için hesaba çektiğiniz oluyor mu?

"Eğer bu ve buna benzer sorular soruyorsanız, tabiî ki cevabını da merak ediyor sunuzdur? Cevabını merak eden olduysa,acaba bu konuda bir araştırma yaptı mı?"

Sınıfta derin bir sessizlik ve tatlı bir şaşkınlık oluşmuştu. Bu ortamı firsat bilerek, konuşmamı biraz daha genelleyip, bilimsel bir temelde sürdürdüm:

-"Başarı için yola çıkan ve hayatını başarılarla doldurmak isteyen insan, kendisini tanıma konusunda ne kadar başarılı olmuştur?

"Çevresinin ve kâinatın en ince ayrıntılarıyla ilgilenen insan, acaba kendi ayrıntısı ve sırlarıyla ne kadar ilgilenmektedir?

"Göklerin keşfi ve denizlerin derinlikleri için bir ömür harcayan insanoğlu, kendisini keşfetmede, kendisini tanımada ve kendi dünyasının derinliklerine inmede ne kadar çaba harcamaktadır?

"Bir başka ifadeyle; önemli işler başarmak, büyük hedeflere koşmak, birçok keşif ve sırlara ulaşmak için çırpınan insan; kendisini ne kadar tanımakta, taşıdığı değerlerin, sırların ve emanetin ne kadar farkına varmaktadır?

"Belki günde, dünyanın ve kâinatın sırlarıyla ilgili 'Bunlar nedir? Nasıl olmuştur? Neye yaramaktadır? Yapan kimdir?' gibi onlarca kez sorduğu merak dolu soruları; acaba kaç kez kendisine yöneltip; 'Ben kimim? Nereden geldim? Nereye gidiyorum? Gayem nedir? Beni gönderen kimdir?' diye sormuştur?

Mehmet, söz isteyerek konuşmama müdahale etti:

-"Hocam" dedi. "Bu kadar ince fikirli olup, hayatı zehir etmenin anlamı var mı?"

Sınıftaki bazı öğrencilerle birlikte, tebessüm ettim bu ani çıkışa.

-"İnsanın öncelikle kendisini tanıması, kendisini sorgulaması ve kendisiyle ilgili bilinmezlerin peşinde olması kadar da doğal bir şey var mı? Bu, insan olmanın ilk şartıdır,bence...

Konuya dönerek konuşmamı sürdürdüm:

-"İnsanın mahiyeti, sırları vazifesi, neci ve kim olduğu şeklindeki soruları düşünen beyinleri sürekli meşgul etmiştir. Ancak yalnızca kendi akıl ölçüleriyle bu sırları ve bilinmezleri çözmek isteyen birçok insan da yanlış ve isabetsiz tespitlerde bulunmuşlardır.

"Bunlardan bazıları insanı 'ekonomik bir varlık' ve 'madde yığını'ndan ibaret zannetmişlerdir. Bazıları da 'İnsan düşünen bir hayvan' demişlerdir. Bazı bilim adamları insanı, 'tapılacak ulu varlık' olarak vasıflandırırken, bazıları ise 'insanın bir hiç olduğu' yorumunu yapmışlardır. Bunlar arasında 'insanın meçhul olduğu'na karar verenler de yer almıştır.

"Görüldüğü gibi, kaynağını yalnızca şahsî değerlendirmeden alan yorumlar ve tespitler; insanı gerçek anlamda ortaya koymaktan çok yetersiz kalmıştır. Yetersiz kalmalarının en büyük nedeni ise, insanı bir veya birkaç boyutla ele almış olmalarıdır. Halbuki insanın tam anlamı ile ifade edilebilmesi için, maddî ve manevî olarak bütün yönleri ile ele alınıp, değerlendirilmesi lâzımdır."

Sınıfta, tam bir sessizlik oluşmuştu. Bütün öğrenciler pür-dikkat kesilmişler, âdeta kımıldamadan konuyu takip ediyorlardı. Öğrencilerin derse olan ilgilerinden, konunun çok önemli bulunduğu anlaşılıyordu.

Derse devam ettim.

-"Değerli arkadaşlar, acaba fen bilimleri insan için ne diyor? Bu konuyu birlikte ele alıp değerlendirelim:

"Fen bilimleri açısından insan, canlıların en mükemmelidir. Hayret verici bir düzen, uyum ve harika bir plânlama içindedir.

"İnsan bir tek hücreden yaratılmıştır. 'Zigot' denilen gözle görülmeyen, ancak yüzlerce defa büyütülerek görülen bu hücre; kendinden binlerce ve trilyonlarca büyük bir konuma gelerek hayat için gerekli olan her türlü cihazla donatılıp dünyaya bir insan olarak gönderilmektedir.

"İnsan, çok zaman kıymetini takdir edemediği, harika bir vücudu, eşsiz bir sanat eseri ve antika bir şaheser taşımaktadır. Öyle ki, bir tek hücreyi bile yapmaktan aciz olan insan, akılları hayrette bırakan sayısız hücrelerin mükemmel işbirliği ve uyumu ile hayatını sürdürmektedir.

"Bu hücrenin, yani ceninin zamanla insan vücuduna dönüşmesi, her hücrenin belirlenen hedefe ulaşması ve hiçbir hücrenin görevini aksatmadan yüz binlerce görevi bir anda yapması, insan aklını tam anlamıyla şaşırtmaktadır.

"Hepsi aynı hücreden meydana gelen dokular; gittikleri yerlerde gören, duyan, tat alan, hisseden hücreler hâline gelmekte, mide, barsak ve karaciğerde modern bir laboratuar gibi çalışmaktadırlar.

"İnsanın iç ve dış organları; birbirini koruyan, kollayan, yardımcı olan ve harika bir alış veriş sistemi üzerine kurulmuştur. İnsan vücuduna baktığımızda hiçbir organın fazlalığı görülmediği gibi, eksik bir organa da rastlanmaz. Öyle ki insan; en seri, en çabuk ve en verimli sonuç olacak bir plânlamaya göre düzenlenmiştir.

"Dışarıdan alınan besinlerin yenilmesi, sindirilmesi, emilmesi ve artıkların dışarı atılması harika bir çalışmayla yürütülür ve sonuçlanır. Bu konuyu gözleyen bilim adamları şaşırmaktan kendini alamamışlardır.

"İnsan beyninde 10 milyar karar merkezi vardır. Bu merkezlerin her birinde, sayıları 2000'e varan sinapslar mevcuttur ve sinapslardan her an yüzlerce olay cereyan eder. Ayrıca her bir sinaps, diğer milyonlarca sinapstan haberdar olarak ve birbirini karşılıklı kontrol ederek çalışır. İşte beynimiz, sinirlerimiz böylesine göz kamaştırıcı bir 'harikalar ülkesi'dir. Gözünüzü nereye çevirseniz, Ulu Yaratan'ın muhteşem sanatını görürsünüz."

# İNSAN AKIL İLE DOĞRUYU BULABİLİR Mİ?

Sözün burasında, çoktan beri sözümü kesmek için fırsatı kollayan Mehmet, birden ayağa kalkıp, biraz da sert bir üslûpla:

-"Hocam, insan kendi akıl ölçüleriyle doğruyu bulur. Başka bir gücün onu yönlendirmesine, hareket alanını belirlemesine ve o güçten emir almasına ne gerek var?" diye sordu.

-"Teşekkür ederim," dedim. "Bu soru sorulmalıydı. Sorulduğu da çok iyi oldu. Çünkü buna benzer felsefî görüşler vardır. Bu vesileyle konuyu biraz daha açalım.

"Bildiğiniz gibi insan; daima doğruyu, güzelliği ve hakkı arama özlemi içindedir. Evrenin bir bütün olarak gerçek durumunu, insanın ne olduğunu ve ne olması gerektiğini bilmek istemektedir.

"İnsan aklı vasıtası ile dünyayı ve evreni aydınlatmaya çalışır. İnsan aklı kuvvetli inanç ve ahlâk sistemleri ile desteklenmezse 'doğruyu arıyorum' diye daha da yanlışlara sapabilir. Bunun felsefe dünyasında çok çarpıcı örnekleri vardır. Bunların bir kısmı, ya her şeyi inkâr eden bir 'ateist' olmuşlardır, ya da her şeyi maddede arayan bir 'materyalist' olmuşlardır.

"İnsan toplumsal bir varlıktır. Birlikte yaşama, birlikte paylaşma, yardımlaşma ve dayanışmaya muhtaçtır. İnsandaki bu duyguların pekişmesi lâzımdır. Çünkü huzurlu toplumlar, iyi eğitilmiş ve toplum kurallarına uyan insanlardan oluşur. İnsan toplum normlarına, inançlarına, ahlâk yasalarına ve yaşama biçimine ne kadar iyi entegre olursa, o kadar hem kendini, hem de toplumu mutlu eder. Tabiî ki bütün bunlar, insanın kendini tanıması, bilmesi, geldiği ve gideceği yerin hesabı ve muhakemesi içinde olmaları ile mümkündür.

"İnsan doğumundan ölümüne kadar, bedensel, zihinsel, duygusal ve sosyal bir gelişme içindedir. İnsan değişik şartlarda, farklı davranışlar gösteren bir canlıdır. Maddî ve mânevî yaşantısı, şuuru ve şuur altı dünyası vardır.

"İnsanın taşıdığı emeller, arzular, beklentiler ve istekler dünyaya sığmayacak kadar geniştir. Çünkü insan, tek zaman boyutunda yaşamaz. Geçmiş ve geleceğe doğru bir zaman seyri içinden yaşar. Bu nedenle insanın davranışları, geçmişini, şimdiki durumunu ve gelecek hakkında plânlarını ve ümitlerini yansıtır. İnsan maddeden mânâya, büyük-küçük her şeyi görmek, bilmek ve yaşamak ister. Bu anlamda, çok zaman ona dünya dar gelir. Bunun için, insan küçük bir kâinat, kâinat da büyük bir insan olarak, görülmüştür.

"İnsanın psikolojik dünyası ıslah edildiğinde, bütün insanların hayranlıkla izleyeceği örnek bir hayat anlayışı sergileyecek yetenektedir. Zararlı yönlendirmeler yapıldığında ise, canavar hayvanları bile ürküten bir tahribat içinde bulunabilmektedir. Bunun için, insanın 'insan' olabilmesine yönelik çalışmalar yapılmalıdır. Bu da ancak insanı Yaratan'ın mesajı ile baş başa bırakmakla mümkündür.

"Görüldüğü gibi, fen ve sosyal bilimlerin insanla ilgili görüşleri incelendiğinde; insanın mükemmel bir varlık olduğu ve yaratılmışların en yücesinde bulunduğu anlaşılmaktadır.

"Bu kadar harikalıkta ve mükemmellikte yaratılan insan, kendini tanımalıdır. Çünkü, küçük bir kâinat olan insan, kâinat kadar sırlarla doludur.

"Sayıları milyarları bulan galaksileri, güneşten büyük yıldızları keşfedip, hükmetme çabasında olan insan; kendini keşfedip, kontrol etme ve varlığına en uygun yaşam şeklini bulma gayretinde görülmemektedir. Halbuki, o mânevî yapısı itibariyle bir kâinattır ve bütün yaratılmışlardan üstündür.

"Maddî ve mânevî olarak harikulâde bir yapıya sahip olan insanın, kendisine ve topluma faydalı olabilmesi için, kendini iyi tanıması ve yaratılışındaki amacı iyi bilmesi lâzımdır.

"Kâinatın sırlarını keşfetmek için hayatını tüketen insan, kendi sırlarını, kendi iç dünyasını ve kendi âlemini aydınlatmalı, kendini tanımalı, vazifesini bilmeli, taşıdığı değerlerin ve yüklendiği emanetin farkında olmalıdır.

"Yaradılış gayesinin ve taşıdığı değerlerin farkında olmayan insan, hiçbir şeyin farkında olmayacaktır. Başıboş, amaçsız ve hedefsiz bir hayatta hem kendisi huzursuz ve mutsuz olacak, hem de insanların huzurunu kaçıracaktır.

"İnsanın bilmesi gereken en temel bilim; kendisini bilmesi, Yaratanını tanıması, dünyaya ne için geldiğini anlaması ve yaptıklarının hesabını vereceği bilinci içinde olmasıdır.

"Bu anlayış insana hem düzenli hayat, hem faydalı olma duygusu, hem de üstün başarılar getirecektir."

Zil çalmıştı. Konuyla ilgili herhangi bir görüş ortaya çıkmadan veya herhangi bir yorum yapılmadan dışarı çıkmıştık. Ama Mehmet veya Mehmet'in görüşlerini destekleyen öğrencilerden bazılarının odama gelmek isteyeceklerini tahmin ediyordum. Çünkü, bu konuda daha çok şeyler söylenecekti ve söylenmeliydi.

## MEHMET'İ ONURE EDİYORDUM

Nitekim öyle de oldu. Tahminimde yanılmamıştım. Odamın önüne vardığımda Mehmet'in kapı önünde beklediğini gördüm.

Son derece sıcak bir ilgi gösterdim, odama aldım, ve yine bir çay söyledim.

-"Zamanım bol Mehmet" dedim. "Rahat otur. İnanıyorum ki, bu türlü buluşmalar ve konuşmalar dostluklarımızı pekiştirecek ve birbirimizin daha iyi anlamamıza sebep olacaktır."

Son derece nezaketli, tatlı ve seviyeli bir sohbet başlamıştı. Daha çok Mehmet'i konuşturuyor, bu vesileyle onun fikir ve görüşlerini alıyordum. Mehmet'in anlattığı en radikal ve can sıkıcı konulara bile tepki göstermeden büyük bir sükûnetle dinliyordum. Sonra da incitmeden, kırmadan ve damarına dokunmadan kendi görüşlerimi anlatıyordum.

Çok aşırı tepki verdiği zaman bile:

-"Senin bu şekilde düşünmeni saygıyla karşılıyorum. Farklı değerlendirme çok normaldir. Konulara farklı bakmak, dostlukları zedelemez" diyerek Mehmet'i sürekli onure ediyor ve değer verdiğimi göstermek istiyordum.

Sohbetler ilerledikçe, görüşler ortaya çıktıkça ve sorulara

cevaplar verildikçe, karşılıklı anlayış, kaynaşma ve hoşgörü pekişmeye devam ediyordu.

Karşımda oturan, inançsız, inkârcı, mâneviyat ve din adına hiçbir şeyi kabul etmeyen öğrencimle bir konuda anlaşmış gibiydik.

Bunu, ayağa kalkıp, çıkmak için müsaade istediği zaman kendisi ifade etmişti.

Elini bana uzatarak:

-"Bu sohbet için teşekkür ederim, hocam," dedi. "İnanıyorum ki, bu sohbetlerin arkası gelecektir."

Ben de, bütün iyi dilek ve samimiyetimi tekrar sıralayarak, Mehmet'i son kez onure edip uğurladım.

Dostluğumuzun ve karşılıklı samimiyetimizin ilerlemiş olmasına çok seviniyordum. Düzceli Mehmet bu zararlı ve tehlikeli fikirlerden kurtulursa, çevresine çok faydalı bir insan olabilirdi. Bu tür sohbetlerin ve görüşmelerin artması gerekiyordu.

Dersler devam ediyordu. Düzceli Mehmet'in de derslerde, çok anlamsız, hayatı gibi darmadağın soruları da bitmek,tükenmek bilmiyordu. Ama, ben mümkün olduğu ölçüde, kırmadan, kızmadan ve kendisine değer vererek, sorularını cevaplandırmaya çalışıyordum. Hatta bazı öğrenciler, bu duruma zaman zaman itiraz ediyorlar, bu yumuşak yaklaşımımızdan dolayı beni eleştiriyorlardı.

-"Neden bu adama bu kadar değer veriyorsunuz, hocam?" diyorlardı. "Görmüyor musunuz, adam dinsizin teki.Onunla muhatap olmak bile yanlıştır."

Hayır... Ben o kanaatte değildim.

Her problemli öğrencinin, problemlerini çözecek bir yol vardır. O yol bilinmediği takdirde, bu problem çözülemez, denilmemeli. Belki de o problemi çözecek bir yolun bulunması için daha fazla gayret gösterilmelidir.

Bu noktaya dikkat çeken Bedîüzzaman Hazretleri insanı yüz kapılı saraya benzetir. O kapıların hepsi kapalı olsa da, yalnız birisi açık olsa, "o saraya girilmez" denilmeyeceğini ifade eder. İnsanda bütün olumsuz tavırları ve ele alınmaz yönleri olsa da, mutlaka ona yaklaşılacak, bazı doğruları gösterecek bir yönünün, bir tarafının, bir damarının bulunabileceğini anlatır.

Bu tespit, eğitim açısından son derece önemlidir. Kötü, yanlış, eksik ve yaramaz diye vasıflandırılan insanlar bütün bütün dışlanıp, bir kenara itilmemeli. Onlarla diyalog yolları sonuna kadar denenmeli. Görülecek ki, bir tarafından, onun kalbine ve aklına bir yol bulmak ve bazı hakikatleri anlatmak mümkün olacaktır.

Düzceli Mehmet'le iyi bir diyalog kurmuştuk. Karşılaştığımız zaman ceketinin düğmesini iliklıyor, saygıyla eğiliyor ve hal hatırımı soruyordu.

Hatta çok zaman da espri yaparak:

-"Hocam, bu saygı size özel... Başka kimseye yapmıyorum. Size torpil geçiyorum" diyordu.

Ben de:

"Sen başkasın Mehmet, sen benim için samimî bir dostsun. Sana büyük güven duyuyorum. İnanıyorum ki ileride göstereceğin başarıyla herkesi mahcup edeceksin" deyip iltifat ediyordum.

Bu da Düzceli Mehmet'in hoşuna gidiyordu.

## "BEN, ZEVK VE KEYF İÇİN YAŞIYORUM"

Gün boyu derslerin yorgunluğundan sonra odama çekilip biraz dinlenmek istemiştim. Kendi yaptığım çayı, bardağa doldururken odamın kapısı çalındı ve Mehmet girdi, içeriye...

Anadolu'da söylenen bir espriyle Mehmet'e yer gösterdim.

-"Buyur Mehmet" dedim."Otur şöyle. Kaynanan seni seveceğe benziyor."

Gülüştük...

Çaylarımızı yudumlarken, Mehmet:

-"Hocam sizinle biraz konuşmak istiyorum" dedi.

-"Seni dinliyorum, buyur" dedim.

Kendisine has açık sözlülüğüyle:

-"Hocam, sahiden siz beni ciddiye alıyor musunuz? Yoksa, rol mü yapıyorsunuz?"

Bu samimî çıkışına biraz şaşırdım. Bunu belli etmemek için de hafif tebessüm ettim.

-"Sen ciddiye alınacak bir gençsin. Ben senin geleceğinde çok ciddi şeyler görüyorum" dedim.

Bir an başını önüne eğdi:

"Sağ olun hocam" dedi, saygı dolu bir ifadeyle... "Biliyor musunuz, bana verdiğiniz değer, beni biraz ümitlendiriyor. Bazen düşünüyorum, bir gün daha kötü olup büsbütün dışlanır mıyım? Yoksa, davranışlarım bir gün normalleşip, insanların beni kabul edeceği bir şekle girer miyim?"

Gözlerime bakarak, bunlardan birisini tasdik etmemi bekledi.

-"Tabiî ki, ikincisi" dedim. "İnanıyorum ki seni bir gün bu insanlar aralarına almakla kalmayacaklar, hatta olumlu davranışlarından dolayı seni takdir edeceklerdir."

-"Hocam yine rüya görüyoruz galiba" diye gülümsedi. İnanmak istemedi.

Konuya biraz ciddiyet ve derinlik kazandırmak için bazı sorular sordum.

-"Mehmet, sence biz neden var olmuş olabiliriz? Bütün bu kâinat niçin bize hizmet ediyor olabilir? Yani hayatın gayesi nedir? Ne için yaşıyor olabiliriz?" dedim.

Hiç düşünmeden atıldı.

-"Hocam," dedi, "ben hayat felsefemi daha önce anlattım. Ben zevk ve lezzet için yaşıyorum. Beni ne mutlu ediyorsa öyle davranıyorum. Benim için, hayatın bir anlamı, bir kuralı yoktur. Yaşayabildiğim kadar ve yaşayabildiğim şekilde bir hayat sürüp,çekip gideceğim. Ölünce de, ne olursa olsun. Benim için her şey bitmiştir."

-"Yani hayvan gibi başıboş ve serbest yaşamak, istediğin her şeyi yapmak, ölünce de bir tarafa atılmak..."

-"Evet hocam, aynen öyle..."

Bu değerlendirme içime ok gibi saplanmıştı. Eğitim sistemimizin canlı mahsullerinden birisiydi. İnsanın maymundan geldiğine, hayatın zevk ve lezzet için olduğuna, ölünce de bir hesabın olmadığına inanan bir mantık...

Böyle bir mantıkla yetişen bir insanın, kime ne faydası olacaktı? Ne ailesine, ne topluma, ne de devlete...

Yaptıklarından dolayı bir hesaba inanmayan bir insanı kim kontrol edebilirdi? Böyle bir insanı durdurmak için, devletin ne kadar polis, araç ve gereç istihdam etmesi gerekiyordu. Her türlü tedbir alınsa bile, insanın kötülükleri ve zararları tamamıyla önlenebilir miydi? Veya, insan, tam anlamıyla kontrol etmek mümkün olur muydu?

Peki neden bu gerçek hâlâ görülmüyordu?

Mehmet'e döndüm.

-"Sana bir soru daha sorabilir miyim?" dedim.

Tereddütsüz bir şekilde ileri atıldı:

-"Tabi ki hocam, buyurun " dedi.

-"Allah korusun senin aklî muhakemen yerinde olmasa da, bir hekime gitsen, seni sıhhate kavuştursa, o hekime karşı nasıl bir borç altına girdiğini düşünürsün?"

Bir an şaşkınlık içinde bocaladıktan sonra;

-"Hocam ne demek? Deli bir insanı akıllandıran bir doktora bir ömür fedâ edilir. Çünkü hekim bir hayat sunmuş oluyor."

-"Peki, gözlerin olmasa ve dünyayı hiç görmesen. Birisi gelip sana göz taksa ve görmeye başlasan, gözünü açan kişiye karşı nasıl bir minnet altına girdiğini varsayarsın?"

-"Yani, ona da bir ömür verilir. Çünkü fiyatı çok fazla olmalıdır."

-"Konuyu uzatırsak, dil, ağız, burun, kulak ve özet olarak bütün organların için aynı şeyi düşünürsek, insanın borcu ne kadar olur?"

-"Ooo hocam bu hesaplanamaz. Buna ömür değil, binlerce ömürler yetmez. İnsan köle olsa yine de ödeyemez bu borcu.

Mehmet'e tekrar döndüm:

-"Peki Mehmet," dedim. "Bugüne kadar, şu sahip olduğun biyolojik ve psikolojik dünyanı ve onun mükemmel ve harika nimetlerini, bunların niçin ve kim tarafından verildiğini hiç düşünmedin mi?

"Veya soruyu şu şekilde sorarsak:

"İki göz, bir akıl, bir dil veya herhangi bir uzuv için, karşılığında köle gibi çalışmak göze alınır ve bu aklın gereği ise; şu mükemmel vücut sarayını ve şu muhteşem biyolojik ve psikolojik âlemi bizlere sunan, kâinatı milyarlarca nimetlerle doldurup, bize veren kudret sahibine, ne gibi ve nasıl bir borcumuzun olduğunu hiç düşünmez miyiz?

"Bütün âlemi emrimize veren ve peşimizde koşturan zâtı merak edip, bilmek ve tanımak istemez miyiz? Bizden ne istediğini sormak aklımıza gelmez mi?"

Mehmet sustu ve bir müddet daldı. Bu öyle bir dalıştı ki, anlattığımı dinleyemeyecek kadar kendinden geçmişti. O'nu uyarmak için ses tonumu yükselttim.Bunu kendisi de fark etmiş olacak ki;

- "Dinliyorum, hocam" diyerek, beni uyarma ihtiyacı hissetti.

## BİNLERCE NİMETİ SUNAN ZAT, BUNLARI BEDAVA VERİR Mİ?

Devam ettim:

-"Hayatımıza binlerce nimetleri sunan zât, bunları hiç bedava verir mi? Bunların bir hesabı olmaz mı?"

Mehmet üzgün ve bitkin bir tavırla, elini salladı, boşlukta...

-"Hocam," dedi. "Lütfen bu konulara girmeyin. Bu konuları düşünmek istemiyorum. Bunlar ince şeyler. İçinden çıkamıyorum ve rahatsız oluyorum. Bırakın nasıl yaşıyorsam öyle devam edeyim."

-"Bu savunma bir çare değil," diyerek üsteledim, yumuşak bir üslupla... "Bizi bu dünyaya gönderen, bizlere bedava nimetler sunan kudret sahibi bir gaye için göndermiş olmalı ve alıp götürdüğü zaman da bir hesaba çekmelidir. Çünkü, her alış verişin bir karşılığı ve bir hesabı vardır.

"Bak bu konuyla ilgili değerli bir âlim şunları ifade ediyor:

"İnsan bu dünyaya keyif sürmek ve lezzet almak için gelmediğine, mütemadiyen (devamlı sûrette) gelenlerin gitmesi ve gençlerin ihtiyarlaşması ve mütemadiyen zeval (yok olma) ve firakta (ayrılık) yuvarlanması şâhittir... Demek insan dünyaya yalnız güzel yaşamak için ve rahatla ve safâ ile ömür geçirmek için gelmemiştir. Belki azim bir sermaye elinde bulunan insan, burada ticaret ile ebedî, dâimî bir hayatın saadetine çalışmak için gelmiştir." (B. S. Nursî)

Düzceli Mehmet birden ayağa fırladı.

-"Hocam," dedi, "bunlar çok ciddi şeyler. Ben henüz bunları dinlemeye ve kaldırmaya hazır değilim. Benim bir dünyam var, yuvarlanıp gidiyorum. Bu gibi şeyleri dinlersem, ya değişmem lâzım, ya intihar etmem lâzım. Rica ediyorum, bana şimdilik dokunmayın n'olursunuz?"

İç âleminde bazı fırtınaların estiği ve bazı hesaplaşmaların olduğu belliydi. Yüzündeki ifadeler, çaresiz kalmış bir insanın merhamet dilemesini andırıyordu.

Ben de ayağa kalktım.

-"Peki," dedim. "Senin dediğin gibi olsun. Bu konuyu kapatalım. Daha sonra görüşürüz."

Karşılıklı memnuniyetlerimizi belirttik ve odadan ayrıldı.

Birkaç gün sonra Mehmet'le okul bahçesinde karşılaştık. Yine büyük bir saygıyla beni selâmladı ve nezaketle elime uzandı.

Ben de onun hoşuna gidecek bazı iltifatlarda bulundum.

-"Hocam, beni hiç arayıp sormuyorsun," dedi. "Yoksa unuttunuz mu?"

-"Mehmet, seni nasıl unuturum?" diye cevap verdim. "Sen unutulmayacak kadar, farklı bir insansın."

Yine kendine has girişken tavrıyla:

-"Hocam geceler uzun. Ya ziyaretimize gel, ya da bizi davet et, biz gelelim. Okulda zaman dar olduğu için uzun süreli görüşemiyoruz."

-"Tamam," dedim, bu samimi teklife... "Ama biliyorsun, ben de burada sizler gibi yalınız kalıyorum. Ama hafta sonu seni evime davet edebilirim. Birlikte küçük bir yolculuk yaparız, hem seni misafir ederim, hem de bol bol sohbet ederiz."

-"Hocam sahiden mi? diye sordu.

-"Evet" dedim. "Sahiden, tabiî..."

-"Yani yengeye sormadan mı karar veriyorsun?" diye takılmak istedi.

Gülüştük.

# MEHMET'İ DAVET ETTİM

Evim, çalıştığım yerde değildi. Bunun için hafta sonunu geçirmek üzere, Mehmet'le birlikte evimin olduğu şehre gitmiştik. Kısa ama, çok anlamlı ve çok dostane bir yolculuk olmuştu. Artık Mehmet, hafta sonu için benim misafirimdi. Hafta sonunu geçirdikten sonra, tekrar üniversiteye birlikte dönecektik.

Misafirim olan Mehmet'le evimde başbaşaydık. Mehmet, evimde misafir olduğu için daha dikkatli, daha nezaketli tavırlar içindeydi. Beni üzmemek, kırmamak için özel bir itina gösterdiği belliydi.

Eve ilk girdiği andan beri, gözleri sürekli kitaplarda, tablolarda, etrafın düzeninde ve gözleri renkleriyle doyuran çiçeklerdeydi. Alışık olmadığı bir ortamda bulunduğu her hâlinden belli oluyordu.

Ben ve evdeki aile fertleri misafirimizi rahat ettirmek için, büyüklerimizden devraldığımız misafirperverliğimizi göstermeye gayret ediyorduk. Bu da Mehmet'i hem memnun ediyor, hem de mahcup ediyordu.

O akşam yemeğinde de bir başka atmosfer vardı. Sanki Cenab-ı Hak birçok güzelliği ve birçok güzel gelişmeyi yan yana getirmişti. Mehmet, sofraya gelen çeşit çeşit yemeklerden, ikramlardan da çok etkilenmişti.

Biraz da abartarak:

-"Hocam kendimi peri masallarında gibi hissediyorum," dedi. "Sofranın tertibi ve düzeni, yemeklerin lezzeti, odanın estetik görünümü, bizleri mahcup eden nezaketiniz... Yapmayın artık, hocam... Lütfen diken üstünde tutmayın, beni..."

Tabiî ki o da bana iltifat ediyordu. Her şey anlattığı gibi değildi. Çok zeki bir gençti, neyi, ne zaman söyleyeceğini çok iyi biliyordu.

Yemekten sonra çaylarımızı yudumlarken, tatlı bir sohbet başlamıştı. Basit, havadan sudan açılan sözler, gelip önemli konulara dayanmıştı.

Çok ciddi konular birer birer önümüze serilirken, Mehmet önemli bir şey keşfediyormuş gibi:

-"Hocam, bu gece çok uzun olacağa benziyor" diye bir tahminde bulundu.

Ben de:

-"Yarın Cumartesi. Nasıl olsa tatildeyiz. Hem gecemiz bol, hem de gündüzümüz" dedim.

Mehmet devam etti.

-"Her zaman böyle, müsait bir zemin bulmak zor. Bu geceyi çok ciddi bir şekilde değerlendirmemiz lâzım. En azından kendi açımdan öyle düşünüyorum. Ben herkesle önemli konuları konuşmam. Ama siz istisnasınız. Çünkü, olayları ele alış biçiminiz ve karşınızdakine verdiğiniz değer beni çok etkiliyor. Bunun için de kimseye soramadığım, kimseye açamadığım ve bana göre derin bir bilinmezler haline gelen konuları, sizinle paylaşmak istiyorum.

Nereden başlayacağına bir türlü karar verememiş olmanın tedirginliği içinde, başını hafimce kaldırdı ve oturduğu koltukta biraz daha toparlandı. Sonra da, hissedilir bir heyecan atmosferi içinde, tek tek konuşmaya başladı:

-"Hocam eğer müsaade ederseniz konuya şuradan başlamak istiyorum, dedi.

"Sizlerin görüş ve düşüncenizi az çok biliyorum. Din ve Allah eksenli bir görüşü savunuyorsunuz. Ben de bunun tam tersini savunuyorum."

Bu sözün burasında, konuya bir derinlik kazandırmak için derhal araya girdim:

-"Affedersin Mehmet," dedim. "İsterseniz sorularınızı sormadan önce, kendinizi detaylıca anlatabilirseniz çok iyi olur. Çünkü sizi çok iyi tanıdığımı söyleyemem. Yanlış bir kanaatin oluşmaması için, öncelikle sizi sizden dinlemek isterim. Aslında benim sizinle ilgili bazı tahminlerim var ama, yine de tam anlamıyla seni tanımış değilim.

Görüşleriniz, yaklaşımlarınız savunduğunuz fikirler ve hayata bakış açınız, benim bilmeyi arzu ettiğim konular. Bu şekilde sizi daha iyi tanımış olurum.

-"Hocam" dedi, Mehmet. "Benim hayat felsefem, sorumsuz bir yaşam üzerine kurulmuştur. Buna 'kuralsız gençlik felsefesi' diyoruz. Bu temel yaklaşımla da, şunları savunuyoruz:

"İnsan dünyaya bir kez gelir. Bunun için de istediğimiz gibi bir hayat yaşamak istiyoruz. İstediğimiz hayata engel olacak her türlü toplumsal ve İlahî kanunları yok sayıyoruz. Kanunlar, kurallar ve dinî anlayışlar, insanların önlerine çeşitli engeller ve yaptırımlar koyuyorlar, tam lezzet ve keyif almamıza mâni oluyorlar. Bizler de, istediğimiz şekilde yaşayabilmemiz ve hayatın tadını çıkarabilmemiz için, Allah'ın ve dinin olmadığını, kuralların lüzumsuz olduğunu, en ideal yaşamanın KURALSIZ YAŞAMAK olduğunu düşünüyoruz."

Hayatın acımasız dalgaları içerisinde, insanlık değerlerini kaybetmek üzere olan bu tığ gibi delikanlının kafasındaki deli rüzgarlar beni dehşete düşürmüştü. Bütün toplumsal ve dini değerleri çiğnemeye hazır olan bu anlayışı; kendisine hayat politikası yapan gençlerin, insanlık için ne kadar zararlı bir hale geldiğini düşündükçe adeta ürperiyordum. Düşünün ki, bir genç niçin yaşadığını, neden varolduğunu unutmuş; bütün toplumsal kuralları, edep ve ahlakı gibi duyguları bir tarafa koymuş, ne devlet, ne de millet O'nun için hiçbir şey ifade etmez hale gelmiş... Bundan daha tehlikeli bir problem ve bundan daha ölümcül bir toplum hastalığı olabilir mi?

"Kuralsız gençlik" felsefesi ve başıboş yaşama anlayışı, gerçekten toplumsal değerleri tehdit ediyordu. Bunun için çok acil önlemler alınmalıydı.

Ama nasıl?

## HASTALIĞA GÖRE ÇARE SUNULMALIYDI

Kaba kuvvetle, cezalandırmakla, okuldan atmakla ve korkutmakla, bu ve benzeri bir akımın önüne geçilemezdi.

Problem nerede başlamışsa tedavi de orda yapılmalıydı. Bu prensip gereği, bu akım; bir genci elde edebilmek için öncelikle "inkârcılık, başıboşluk ve sefahati" bir araç olarak kullanıyordu. Dinin ve Allah'ın olmadığını, istediği gibi yaşanabileceğini savunan bir akıma karşı; akıl, mantık ve bilim yoluyla Allah'ın ve dinin varlığını ve lüzumunu; gayri meşrû yerlerdeki keyif ve lezzetin insanları mutluluğa değil, daha kötü sonuçlara götüreceğini izah ve ispat etmek lâzımdı. Ancak bu şekilde bu hareketin önüne geçilebilirdi.

İnkârcılığın, başıboşluğun ve sefahatin pençesinde ne yaptığının farkında olmayan öğrencimi içim kanayarak derin dirin süzdükten sonra, cevabını çok merak ettiğim bir soru sordum:

-"Allah'ı ve dini inkâr etmekle, bütün kuralları çiğnemekle, toplumun kabul edemeyeceği her türlü davranış şeklini, pervasızca yaşamakla; nasıl istisna bir mutluluk buluyorsun? Veya bu hayat anlayışı içindeki arkadaşlarıyın, gerçekten dünyanın en huzurlu insanları olduğuna inanıyor musun? Daha da önemlisi, böyle bir hayatı yaşamakla vicdânen ve aklen rahat mısın?"

Oturduğu yerden tekrar bir hamle yaptı, Mehmet... Bu O'nun , bu soru karşısında ne kadar zorlandığını gösteriyordu.Başını masumca eğdi, bir müddet nereden başlayacağını hesapladı. Ve zoraki bir cevap veriyormuş gibi ark arkaya kesek kesik öksürerek, cılız bir sesle konuşmaya başladı:

-"Evet hocam" dedi, "Ben rahatım. En azından rahat olmaya çalışıyorum."

Daha fazla konuşmak istemedi. Dili rahat olduğunu söylese de, davranışları bunu yalanlıyordu. Kısaca, rahat olmadığını kendisi de biliyordu, biz de biliyorduk.

Verdiği cevabın sıkıntısından kurtulmak ister gibi bir anda konuyu üzerinden atmak istedi.

-"Hocam," dedi. "Sizin görüşlerinizi ve fikirlerinizi eğer yanlış anlamadıysam, bu evrenin bir yaratıcısının olduğunu savunuyorsunuz. Bu hayatın da, yaratıcının emirlerine göre düzenlenmesi gerektiğini söylüyorsunuz.

Başımı "evet" manasında salladım.

Mehmet devam etti.

-"Yani, bu âlemin ille de bir yaratıcısı mı olması lâzımdır? İşler kendi kendine olamaz mı? Sistem kendi kendini geliştiremez mi? Yani, mutlaka bir Allah'a ihtiyaç mı var?"

Bu soru, materyalistliğin ve ateistliğin temelini teşkil ediyordu. Belki de bu soru, esas konuya girmek için bir başlangıç olacaktı. Veya Mehmet, bu soruyla beni tartmak istiyordu.

Öylesine ve sıradan konuşmuş olma izlenimi vermemek için, konuyla ilgili olarak kütüphanemde bazı kitaplar indirerek, önümüzdeki sehpanın üstene... Bu konularla ilgili temel referans kitapların başında, Risâle-i Nûr eserleri geliyordu.

Son derece anlamsız ve yanlış görüşler ileri süren Mehmet'e karşı, yine de içimdeki tepkiyi asla belli etmemeye çalışıyordum.O'na karşı, en değerli bir misafir davranışı sergilemek için, büyük gayret gösteriyordum.

-"Mehmet" dedim, oldukça güler yüzlü ve sevecen bir tavırla...."Bu soruyu daha da netleştirmek için, şu iddiayı bir hareket noktası kabul edelim"

"Siz Allah'ın olmadığını ve buna ihtiyaç da bulunmadığını ileri sürdünüz. Bu iddianıza karşı, benim de görüşlerim şöyledir;

Allah vardır, kâinatı o yaratmıştır. Kâinatın bir başlangıcı vardır. Bir de sonu olacaktır. Kâinat ne kendi kendine olmuştur, ne sebepler yapmıştır, ne de tabiat yapmıştır.

" Ben iddiamı akıl, mantık ve bilim temelinde ispatlamaya çalışacağım.Siz de buna karşı görüşlerinizi bütün açıklığıyla söyleyin, sizi sonuna kadar dinleyeceğim.

"Yalnız bu sohbetimize bir temel kazandırmak için, karşılıklı münakaşa şeklinde değil de, konuşan sözünü bitirsin, ondan sonra diğer taraf söz alsın, derim"

Bu öneriye karşı Mehmet' de; "tamam" der gibi başını salladı.

Devam ettim.

-"Sohbetimizin temelini ise, bilim, akıl ve mantık ölçüleri oluştursun. Yani; iki kere ikiye dört diyelim İki kere ikiye altı dersek, hiçbir sonuç elde edemeyiz."

Bu konuda da mutâbık kaldık.

-"Önce kâinat yaratılmış mı? Yaratılmamış mı? Yani madde ezelî mi, yoksa bir başlangıcı ve yaratıcısı var mı? Buradan başlayalım" dedim.

Mehmet' de derhal araya girerek;

-"Ben de böyle istemiştim, hocam"dedi.Tabi ki önce bu sorun üzerinde durmalıyız."

## KÂİNATIN BİR BAŞLANGICI VARDIR, BİR DE BİTİŞİ OLACAKTIR

Böylece sohbetimizin prensibinde anlaştık. Artık konuya girebilirdik. Meseleye kâinatın yaratılışını bilimsel bir şekilde ele alan Big Bang, yani Büyük Patlama teorisini anlatarak başladım.

-"Mehmet," dedim, "yıllar önce sizin gibi değerli bir arkadaşımla bu konuları sabaha kadar tartışmıştık. Karşılıklı olarak konuştuğumuz bu konuları da KENDİNİ ARAYAN ADAM isimli kitabıma almıştım. Şu işe bakın ki yıllar sonra yine aynı konular geldi, gündemimize... Eğer iznin olursa, bu konuyu KENDİNİ ARAYAN ADAM isimli kitabımdan aynen okumak istiyorum."

Mehmet gözleriyle "buyurun" der gibi bir işaret yaptı. Ben de okumaya başladım:

-"Son yıllarda, özellikle Batılı bilim adamları, Kur'an'ın yaratılış konusundaki görüşüne en uygun açıklamalar yapan Big Bang teorisini savunmaya başlamışlardır.

"Big Bang, 'kâinatın bir başlangıcı olduğu' gerçeğine dayanmaktadır.

"'Büyük Patlama' olarak da bilinen Big Bang'e göre uzay ve galâksiler, başlangıçta sıcak ve sıkışık tek bir madde olarak yaratılmıştı. Bu madde dehşetli bir patlamayla uzaya serpildi. Bunlar, kâinatı teşkil edecek olan enerji ve madde parçacıklarıydı. Sonra, madde parçacıkları ve radyasyon, kurulmakta olan kâinatın modeline uygun şekilde ve nispette taksim edildi. Zemin hazır olunca atomlar, önceden tayin edildiği aşikâr olan düzenli bir model üzerine kuruldu. 'Fizik ve kimya kanunları' olarak bildiğimiz mekanizmalar işletildi. Proton, nötron ve ağır elementler husule geldi. Yıldızlar doğdu, güneş ortaya çıktı. Galâksiler teşekkül etti...

"Son yıllardaki araştırmalar, kâinatın hızla genişlediğini, galâksilerin birbirinden uzaklaştığını göstermektedir. Bu genişleme olayı tersine çevrilse, bir büzülme görülecek ve bütün kâinat bir madde hâline gelecektir.

"Bu araştırmalar, kâinatın 'sıfır' noktasında başladığını göstermektedir.

"Kur'an-ı Kerim'de, göklerin ve yerin altı günde, dünyamızın ise iki günde yaratıldığı ifade edilmektedir.

"Tabiî buradaki gün tabiri, Allah'ın bildiği 'devir ve safha' manasındadır. Kur'an'da, bizim günümüzle 'bin,' hatta 'elli bin' seneye denk olan günlerden bahsedilmektedir. Yani Kur'an'daki bu ifadeler, yaratılış safhalarına işarettir.

"Cenab-ı Hak, ilk önce su gibi akıcı olan ve kâinatın her tarafını kuşatmış bulunan 'esir' maddesini yaratmış, gökleri ve yerleri bu maddeden inşa etmiştir.

"Asrımızın çok kıymetli bir âlimi olan Bediüzzaman Hazretleri de, kâinatın ilk yaratılış maddesi olan cevherin ne olduğu konusuna, Hud Suresinin yedinci ayetiyle işaret ederek şöyle demiştir:

"'Cenab-ı Hakkın arşı, su hükmünde olan esir maddesi üzerinde imiş. Esir maddesi yaratıldıktan sonra, Sani'in ilk icatlarının tecellisine merkez olmuştur. Yani, esiri halk ettikten sonra cevher-i ferde [atomlara] kalbetmiştir.

"Bediüzzaman, esirin mahiyetinden bahsederken, 'Akıcı bir su gibi, mevcudatın aralarına nüfuz etmiş bir maddedir.' görüşünü ileri sürmektedir. Ayrıca, elektrik, ışık, sıcaklık ve çekim kuvveti gibi lâtif ve akışkan maddelerin esirden yapıldığına ve böylece kâinatın her tarafına yayıldığına işaret etmektedir. (Detaylı bilgi için bak, İşârâtü'l-İ'caz, s. 194; Sözler, s. 605. )

"Esir maddesi, hiçlikten yaratıldıktan sonra Cenab-ı Hakkın ilk icatlarına temel olmuş ve atomlar bu maddelerden halk edilerek gaz, sıvı ve katı hâllerde hizmete koşturulmuştur. İlk olarak katılaşıp hizmete hazırlanan gezegen ise, dünyamızdır.

"Gökyüzündeki yıldız ve gezegenler, uzun müddet önce gaz, sonra sıvı hâlinde bir ateş kütlesi olarak kaldığı hâlde, yeryüzü hepsinden evvel katılaşıp kabuk bağlamış ve hayata zemin teşkil etmiştir. Bu itibarla dünyamızın yaratılışı ve teşekkülü, semavattan ve diğer gezegenlerden evveldir.

"Arz ve semavat birbirine yapışık idiler. Sonra Biz onları birbirinden ayırdık.' mealindeki ayetin ifadesinde, başlangıçta dünyamızın ve semavatın birbirlerine yapışık oldukları ve sonra birbirlerinden ayrıldıkları anlaşılmaktadır. Bu ifade, modern ilmin izahına da çok uygun düşmektedir.

"Enbiya Suresinin 30. ayetinde, 'Her şeyi sudan yarattık.' şeklindeki ifade için birçok âlim, Bu su, esir maddesine işarettir.' demiştir. Çünkü esir maddesi, su kadar akışkan, ince ve lâtif bir maddedir."

Sözün burasında Mehmet araya girdi:

-"Bir dakika hocam." dedi, "Açıkçası bu konu kafama yatmadı. Kafama yatmayan bir konuyu da asla benimseyemem!"

-"Nedir kafana yatmayan tarafi?" diye sordum, bir ölçüde sert bir çıkış yapan Mehmet'e.

Yine aynı sertlikle devam etti:

-"Şu yoktan yaratmak; olmaz böyle şey! Nasıl bir madde yoktan var edilir? Bunu aklıma anlatamam."

-"Mehmet," dedim, sakin ve yumuşak bir ses tonuyla..."Biraz sabırlı ol ve konuyu sonuna kadar dinle, o zaman inanıyorum ki 'Aklıma yatmadı.' dediğin husus da aklına yatacaktır. Bak sayfanın devamında, sorduğun soruya da cevap verilmektedir."

Sustu, dinlemeye başladı. Ben de devam ettim:

-"Cenab-ı Hakkın iki tarzda icadı vardır: Birisi 'ibda,' yani hiçten, yoktan yaratmak, icat etmektir. Diğeri ise 'inşa,' yani yaratılmış unsurları bir araya getirmek suretiyle yeni bir mahlûk ortaya çıkarmak, yaratmaktır.

"Bütün maddenin özünü meydana getiren ve kâinatın ilk cevheri durumunda bulunan 'esir' maddesi, yoktan yaratılmıştır. Bu madde, İlâhî hikmetle infilâk ettirilmiş, atom, enerji ve diğer temel parçacıklar vücuda getirilmiştir. Bu ilk yaratma işi, bir defaya mahsus olmak üzere yapılmış ve 'inşa' dediğimiz, eşyanın mevcut elementlerden yaratılması kapısı açılmıştır.

"Artık şu an, zerratın 'yok'tan yaratılması bahis mevzuu değildir. İlk yaratılışta madde lâzım olduğu kadarıyla bir defaya mahsus olarak yaratılmıştır. Ancak her baharda yeniden vücut bularak canlanan milyonlarca bitki ve ağaç; şekil, renk, model ve koku, bir bahar öncesinin durumuyla tıpatıp aynısı değildir. Bunlar her bahar 'yok'tan yaratılır.

"Fakat 'ol' emriyle 'yok'tan yaratılış hususunun mahiyetini iyi bilmek lâzımdır. Bir kere bize göre yok olan bir şey, maddî bir vücut sahibi olmasa da, Allah tarafından bilinmektedir. Çünkü Cenab-ı Hakkın ilim sıfatı muhittir, yani her şeyi içine alır. Dolayısıyla, İlâhî ilim dairesinin dışına hiçbir şey çıkamaz. Bu ilim dairesinden maddî vücut dairesine çıkan bir şey, bize göre 'yok'tan var edilmiştir. Ama bunu hiçbir zaman mutlak 'yok'luk şeklinde tasavvur edemeyiz.

"Şöyle diyelim: Bir şeyin, modeli, örneği, misli ve emsali hiç yokken yaratıldığını düşünelim... Bu hadise bize göre 'yok'tan, hiçlikten yaratılmaktır. Ancak bize göre modeli ve emsali olmayan bu şey, İlâhî ilim dairesinde mevcuttur. Bu mahlûk, maddî bir vücut giyip madde âlemine çıkmayınca, biz onu bilemiyoruz. Çıkınca da, hiçlikten yaratıldı, diyoruz. Fakat bu, bizim akıl kapasitemizin tespitidir. Ve bize göre yokluktan yaratılmıştır. İlâhî ilim dairesine göre değildir. Çünkü onun dairesinde o mevcuttur. Yalnızca vücut giymemiştir."

Mehmet, yine anîden alevlendi.

-"Peki," dedi, "var ettiğini ve yarattığını kabul edelim... Öyleyse nasıl tekrar maddeyi yok edebilir? Bunun somut, gözle görülür bir örneği var mı?"

Mehmet'in bu heyecanlı çıkışlarına karşı son derece rahat ve sakin olmaya çalışıyordum.

"Bunun da cevabı için, KENDİNİ ARAYAN ADAM isimli kitaptan yararlanmaya devam edelim, dedim.

Gözlerini bir noktaya dikti, sanki imdat bekler gibi bir şeyler aradı, sonra da gözleriyle "dinliyorum" der gibi bir işaret yaptı.. Ben yine de elimdeki kitabı okumayı sürdürdüm:

-"Her baharda yeniden yaratılan milyonlarca bitki ve ağacın dal, yaprak ve meyvelerinin tipi, kokusu, şekli, modeli ve kendilerine has hususî tarzları, kış mevsimiyle birlikte 'yok' olmaktadır.

"Sobaya bir odun atalım ve yakalım. Odunun kül olduğunu görürüz. Bu esnada odunun ebadı, ağırlığı, kokusu, rengi ve tipi 'yok' olmuştur. Belki külünü, çıkardığı enerjiyi ve dumanı toplasak tekrar odunun ağırlığını bulabiliriz; ama onun renk, desen ve koku gibi diğer vasıflarını geri getiremeyiz. Çünkü onlar 'yok' olmuşlardır.

"Astronomi âlimlerince son yıllarda yapılan birtakım araştırmalar, dünyamızdan çok daha büyük olan yıldızların 'kara delik' adı verilen ve mahiyeti bilinmeyen bir yere girerek kaybolduklarını ve madde âleminden çıktıklarını göstermektedir. Bu kara deliğin çekim gücünün sonsuza yakın olduğu ifade edilmektedir. Kara delikler, sıcaklığı, ışığı, sesi ve her türlü radyasyonu bir anda yutarak yok etmekte ve dev yıldızların içine düşüp yok olduğu dipsiz bir kuyuyu andırmaktadır. Bu açıdan kara delikler, 'ebedî bir âleme geçiş kapısı' olarak değerlendirilebilmektedir."

Mehmet sakince arkasına yaslandı ve gözlerini hafifçe kapadı. Dudaklarından dökülen cümleleri anlayamamıştım. Ama çetin bir iç hesaplaşmaya düştüğü belliydi...

## BU SİSTEM KENDİ KENDİNE OLABİLİR Mİ?

Mehmet çok önemli bir şey bulmuş gibi aniden atıldı:

-"Basit maddeler, basit oluşumlar daha düzenli sistemleri meydana getirip, sonuçta bu hâle gelmiş olamaz mı?"

Konuyu daha iyi açmak için:

-"Yani kendi kendine bir oluştan mı bahsediyoruz?"

-"Öyle de denebilir."

Hafif tebessüm ederek:

-"Bu nasıl mümkün olabilir?" dedim. "İsterseniz o basit dediğin oluşumların ve maddenin temel taşları olan atomları tanıyalım, sonra da sorumuzun cevabına dönelim.

"Maddeyi tanımak için, maddenin en küçük parçası olan atomdan başlamamız gerekir. Bu konudaki kitaplar karıştırıldığında atomlardan 'kâinatın yapı taşları' olarak bahsedildiği görülür. Atomların değişik oranlarda bir araya gelmesiyle elementler ortaya çıkmıştır. Elementlerin de muhtelif şekillerde birleşmesiyle moleküller meydana gelir. Etrafımızdaki âlem, içindeki canlı cansız sayılamayacak kadar çok ve değişik varlıklar, bu moleküllerden inşâ edilmiştir.

"Atomu, gerek kendi içinde dengeli hareket ettirmek, gerekse komşularıyla çok hesaplı ilişkiler kurmasını sağlamak için, dört kuvvetten oluşan çok hassas bir kanun konmuştur.

"Son derece hesaplı ve dengeli olan bu kanunun hüküm sürmesiyle kâinatın ve bizlerin varlığı mümkün olabilmektedir. Öyle ki, bu kanunu meydana getiren dört kuvvetten biri olan nükleer kuvvet olmazsa, atom çekirdeği teşekkül etmez.

"Zayıf kuvvet' adı verilen kuvvet bulunmazsa, elektronlar meydana gelmez.

"Elektromanyetik kuvvet olmazsa, atom da oluşmaz. Ve çekim kuvveti yok olsa dünya olmaz, güneş olmaz, biz olmazdık.

"Kısacası bu kuvvetlerden birinin eksikliği, kâinatın sonu demektir. Hatta onların birindeki zaaf veya hesap hatası dahi, aynı neticeyi meydana getirir.

"Tabiî, burada atomların küçüklüğünü de dikkate almak lâzımdır. Bir santimetre küp havada beş milyon kere beş milyon atom bulunduğu düşünülecek olursa, atomların ve atomlardan teşekkül eden kâinatın yaratılışındaki esrar daha iyi anlaşılır."

Atomun mâhiyeti ve faaliyeti hakkında ilmin tespit ettiği hususları, kendi mesleğimden bir örnek vererek anlatmaya devam ettim:

"Bir sınıfta öğretmen olduğumuzu farz edelim. Kendi aralarında 15-20 öğrenci konuşur ve hepsinin sesleri birbirine karışmadan süratle ve atomlar vasıtasıyla bize ulaşır. Aynı atomlar, güneşin ışığını, ısısını ve yedi rengini de sınıfa getirir. Sobamızdan çıkan sıcaklık da atomlar eliyle etrafa yayılır. Aynı anda uzaklardaki bir radyo sesi, gök gürültüsü veya bir zil sesi de duymuş olabiliriz. Bu iş de aynı atomların vazifesidir.

"Sınıfımızın etrafını yüz bin insan sarsa ve hepsi de bize değişik tonlarda, değişik şivelerde ve değişik dillerde seslenseler, aynı atomlar bu sesleri birbirlerine karıştırmadan aynı süratle naklederler.

"Canlı, akıllı ve şuurlu bir insanın bir anda beş altı iş yaptığını, meselâ birisiyle konuşurken başka birini dinlediğini, bu arada yazı yazıp kafasında çeşitli hesaplar çözdüğünü duysak, gazetelere manşet yapar, dünya rekortmeni ilân ederiz. Cansız, akılsız, gözsüz ve şuursuz küçücük bir atomun bir anda binlerce işi eksiksiz, karıştırmadan ve aynı mükemmellikte yapması, akılları durduran bir hâl değil midir?

"Küçük bir atomdan, muhteşem galaksilere kadar hükmeden bu kuvvetleri, ince ve hassas hesaplarla koyup işleten, kâinattaki nizamı ve dengeyi sonsuz bir ilim ve kudretle idare eden kuvvet kime aittir? Bu akıl almaz hesabı hangi tesadüf ve hangi tabiat yapabilir?

"Şunu demek istiyorum: Bir yığın kum, taş, çimento ve demir bulunduğunu kabul edelim. Ortada bir usta, bir plân ve proje olmadan, bu maddelerin bir araya gelerek bir saray inşa etmesi düşünülebilir mi? Böylesine mükemmel bir sarayın kendiliğinden teşekkül etmesi mümkün müdür?

"Galiba bizler, kâinatın muhteşem sistemini, nizamını ve harikulâdeliğini kanunlarla izah ettiğimizi zannedip işin içinden kolayca çıkıveriyoruz. Kanunları keşfetmekle iş bitiyor mu? O kanunu koyan kudret sahibini neden akla getirmiyoruz?

"İnsanda bir merak vardır. Bu merakla keşfettiğimiz bir şeyin ustasına karşı hayranlığımız daha çok artmalı ve onun kim olduğunu anlamaya çalışmalıyız.

"Küçücük bir incir çekirdeğinden koca bir incir ağacını ve onun binlerce meyvesini çıkaran, maddesi bir olan atom parçacıklarından kâinatı ve içindeki canlı cansız mahlûkatı yaratan, dört ana kuvvetle varlıkları dengede tutan bir kudret sahibine karşı insan nasıl alâkasız kalabilir? Bu muhteşem sırları keşfettikten sonra kâinat sahibini nasıl görmezlikten gelebiliriz?"

## KÂİNATI, TABİAT YAPABİLİR Mİ?

Mehmet, son bir hamle yapıp, kendi görüşünün doğruluğunu savunmak ister gibi heyecanla atıldı:

-"Bütün bu düzgün ve anlamlı oluşumları tabiat kontrol edebilir. Tabiatın, kendi mekanizmaları vardır."

Mehmet'e göre mantıklı, bana göre de son derece anlamsız olan bu soruyu da cevaplamaya çalıştım.

-"Mehmet," dedim, "madem tabiat konusunda ısrar ediyorsun, her şeyin tabiat eliyle yapıldığını düşünüyorsun, o zaman birlikte şu 'tabiat' denilen kavramı iyi tanıyalım. Tabiat nedir? Bu konuda kafa yorup tabiatla ilgili bilgilerimizi tazeleyelim...

"Biliyorsunuz ki tabiat dediğimizde, suyu, havayı, güneşi ve toprağı kastediyoruz. Yani tabiat, bu dört ana unsurdan oluşmaktadır. Bir başka ifadeyle, 107 elementten meydana gelen bir âlemdir.

"Eğer bu âlemi tabiat yaptı diye ısrar ediyorsak, 'tabiat' denilen bu unsura soralım:

-"Senin ilmin var mı?

"Eğer dili olsa 'hayır' diyecektir.

-"Peki, aklın ilmin ve iraden var mı?

-"Yine hayır.

-"Elin, gözün ve ayağın var mı?

-"Hayır.

-"Bu milyonlarca galâksileri, yıldızları yapabilir misin?

-"Hayır.

-"Bu karmakarışık görünen âleme bir düzen verip kanunlar koyarak, onu yönetebilir misin?

-"Hayır.

-"Öyleyse insanları yapabilir misin?

-"Hayır...

-"Mehmet, zaten 'tabiat' denilen şey de kâinatın kendisi değil mi? Öyleyse, kâinatın da kendi kendini yapamayacağını gördük. Peki bu 'tabiat' denilen güç, kuvvet nedir? Eğer tabiata hükmeden bir güç ve kuvvet varsa, o zaten kâinatın kendisi olamaz. Tek yol, kâinat cinsinden olmayan bir kudret olmasıdır ki, o da Cenab-ı Haktır.

"Âlemde olup biten harikulâde işleri tabiat yaptı. deyip içinden çıkmak mümkün değil. Çünkü her iş, büyük bir nizam ve intizam içinde yapılıyor. Her faaliyette bir fayda ve bir hikmet gözetiliyor. Her şey şuurlu bir ölçüyle yaratılıyor. Hiçbir şey başıboş değil, hiçbir mahlûk kendi hâline bırakılmamış.

"Bütün bu mükemmel işleri, akılsız ve şuursuz olan tabiata havale etmek ve 'Tabiat yaptı.' demek mümkün değildir.

"İlim, irade ve kudret sahibi olmayan âciz bir tabiat, elbette Hâlık olamaz."

Konuşmamın sonunda Mehmet'e dikkatle baktım. Yüzünde bulanık, endişeli ve biraz da şaşkınlık ifadeleri vardı. Mehmet açısından her şeyin yolunda gitmediği belliydi.

O esnada evin hanımı meyve ikramında bulunuyordu. Sohbetin ne kadar etkili olup olmadığını anlamak için, bana çıkışır gibi yaptı:

-"Yeter Halit Bey, misafirini yordun. Hep sen konuşuyorsun. Biraz da misafire müsaade et."

Bu samimî nezakete karşı hemen Mehmet söz aldı:

-"Hayır yenge," dedi, "hocam beni yormuyor. Bu sohbet benim için çok önemli. Uzun uzun konuşmamız lâzım. Henüz yolun başındayız."

Bir taraftan meyveleri yerken, diğer tarafdan da sohbetimize devam ediyorduk.

Bu arada sık sık sözümü kesip, gelen telefonlara cevap vermek zorunda kalıyordum. Sanki o akşam sözleşmiş gibi birçok öğrencim, olağandışı bir yoğunlukla beni arıyorlardı. Her öğrencimin kendi çapında bana ilettikleri problemleri oluyordu. Bu problemlerin çözümüne, kendi imkânlarım ölçüsünde yardımcı olmaya çalışıyordum.

Son telefon konuşmamız, Adapazarı'nın bir köyünde ikamet eden bir öğrencimleydi. Kapanıp namaz kılmasına karşı çıkan ailesiyle ciddî problemleri vardı. Öğrencimi, ailesini karşısına almaması, onları incitmemesi, bazı şeyleri zamana yayması ve sabırlı olması konusunda uyarmıştım.

Bu telefon trafiği Mehmet'in dikkatini çekmişti.

-"Hocam," dedi, "öğrencilerinizle son derece iyi diyalog içindesiniz. Doğrusu, öğrencilerinizin problemleriyle bu kadar ilgilenmenize şaşırdım! Bu kadarlık, gerekli mi sizce?"

-"Evet," dedim, "hem de çok gerekli. Bunun da iki nedeni var: Birincisi, öğrencinin problemlerini en iyi anlayacak ve çözümüne katkıda bulunacak kişi, onun öğretmenidir. Öğrencinin öğretmenine güven duyması lâzımdır. Eğer bu güven oluşursa, öğrenci problemlerinin büyük kısmı, aileye, topluma ve sokağa taşmadan okulda çözülür. İşte bizim bu konuya katkı yapmamız lâzımdır. İkincisi de, ben öğrenciyken imkânlarım kıttı. Öğretmenlerim benim maddî ve manevî ihtiyaçlarım konusunda çok fedakârlıkta bulundular ve bana yardımcı oldular. Eğer yardımcı olmasalardı, belki de okulu bitiremezdim ve hayata erken küsen, topluma zararlı bir insan hâline de gelebilirdim. İşte bugün, ben de öğrencilerimin problemleriyle ilgilenmekle, hocalarımın bana vermiş oldukları emeği kısmen ödüyor olmanın vicdanî rahatlığı içindeyim."

Fırtınalı bir denizin azgın dalgalarıyla boğuşan bir insanın çaresizliği vardı, Mehmet'in yüzünde... Bakışları iç dünyasında kopan kıyameti çok iyi anlatıyordu. Önündeki eğik başı, bir şeyler arıyormuş gibi, bir müddet öylece kaldı.Sonra da, masum bir eda ile konuşmaya başladı:

-"Keşke hocam," dedi, "Her öğretmen kendi öğrencisiyle bu kadar ilgilenebilse... İnanıyorum ki, kişilerde ve toplumda görülen davranış bozukluklarının büyük kısmı silinip gider. Çünkü bir gencin en büyük açlığı ve ihtiyacı, ilgi ve sevgidir.Bu verildiği taktirde toplumda bir çok şey düzelecektir.

İtiraf edeyim ki bir genç ve bir öğrenci olarak, benim böyle bir şansım olmadı. Şimdi anlıyorum ki, sizim öğrencileriniz çok şanslıymış.

Mehmet'e baktım, yüzünde derin bir pişmanlık ve hüzün okunuyordu. Sanki bu kaybettiği yılların içini yakın acısıydı. Mehmet'in bu haline çok üzülüyordum. O'nun da iman hakikatleriyle buluşması için içten, yürekten yalvarıyordum, Rabbime... Bu mert delikanlı, toplum içinde ezilip gitmemeliydi.

Meyvesini bitiren Mehmet, elini yıkama bahanesiyle müsaade istedi. Birlikte ayağa kalktık,ve lavobaya gittik. Elini yıkadıktan sonra kendisine, havlu uzattım.

-"Hocam estağfurullah,beni mahcup ediyorsun" diyerek, ne kadar ezilip-büzüldüğünü ve yüzünün bir anda nasıl kızardığını gördüm. Bu davranışı, O'nun hala bazı güzellikleri kaybetmediğini gösteriyordu.Bu da düzelmesi için beni ümitlendiren en büyük ipuçlarıydı.

Ben de:

-"Hayır Mehmet." dedim, "Bizim hem inancımızda, hem de geleneklerimizde, misafirin çok önemli bir yeri vardır. Şu anda sen de bizim için çok özel bir misafirsin. Sana hizmet etmek bizim için bir onurdur.

Başını eğdi, cevap vermedi.

Ben Mehmet'in sigara içtiğini ve nezaketen benim yanımda bundan kaçındığını bildiğim için, onu rahatlatmak istedim.

"Şöyle balkona buyur Mehmet," dedim, "kafanı dumanla, sonra devam ederiz."

"Çok düşüncelisiniz hocam." diyerek balkona çıktı.

# ALLAH KÂİNATI NİÇİN YARATMIŞ?

Mehmet'in sigara molasından sonra, üzerinde kitapların yer aldığı ceviz kaplama sehpanın önünde, karşılıklı olarak yerlerimizi almıştık.

Mehmet, duvarda asılı tablolara bir müddet gözlerini gezdirdi ve sonunda çekici ve ibretli bir tabloya takılıp, kaldı.

Tabloda muhteşem bir manzara resmi vardı ve altına da şöyle bir vecize yazılmıştı:

"Sen burada misafirsin ve buradan da diğer bir yere gideceksin. Misafir olan kimse, beraberce getirmediği şeye kalbini bağlayamaz. Bu menzilden ayrıldığın gibi, bu şehirden de çıkacaksın. Ve kezâ, bu fani dünyadan da çıkacaksın... Öyle ise aziz olarak çıkmaya çalış." (Mesnevi-i Nuriye)

Bu büyüleyici tablonun altındaki, bu anlamlı söz, Mehmet'i sarsmıştı. Bir müddet öylece kalakaldı ve derin derin düşünmeye daldı, bir müddet...

Sonra da ağır ağır ve üstüne basa basa şöyle bir soru sordu:

-"Hocam" dedi, "Allah kâinatı niçin yaratmış olabilir? Yaratmasaydı, dünya ve insanlar da olmazdı, bu kadar sıkıntı ve problemler de yaşanmazdı."

Dünyanın fani olduğu gerçeği, zihninde yankılanmaya başlamıştı, Mehmet'in... Bu çok uzaklarda gibi gözüken ümidimin, bir anda parlamasına sebep olmuştu.

Mehmet'in sorduğu soru, sıradan ve hafife alınacak cinsten değildi. İmanî meselelerin temelini oluşturan çok önemli bir konuydu. Bunlar eğer iyi anlaşılmazsa, zihinlerdeki bulanıklık da gitmezdi.

-"Senin soruların da bir harika, senin ne kadar zekî olduğunu ortaya koyuyor" diyerek, iltifat ettikten sonra cevap verdim:

-"Kâinatı yaratmak Allah'ın bir tercihidir. Bu tercihin nedenlerini sorgulamak, yaratılmış bir insan olarak bizlere düşmez.

"Zengin bir adam, gönlünden kopan bir merhametle, muhtaç insanları giydirse, yedirse, onlara harçlık verse, sevindirse, içlerinden birisi de çıkıp, 'Bütün bunları ne için yaptın, yapmasan olmaz mıydı?' diye sorgulamaya kalksa, ne kadar nezaketsizlik yapmış olur.

"Allah'ın da kâinatı niçin yarattığı konusunu sorgulamaya kalkmak, öncelikle bir nezaketsizliktir. Zaten bu konuya kendi akıl ölçülerimizle açıklama getirmeye kalksak da, bir sonuç alamayız. Çünkü Yaratan, ne için yarattığını, kendisi açıklamadan; yaratılan olan bizler bunu hiç açıklayamayız. Açıklasak da yine de eksik ve noksan kalır.

"Ama, bu soruya bir nebzecik de olsa, bir cevap vermek bakımından şunları söyleyebiliriz:

"Önce yaratmanın bir ihtiyaçtan ileri gelmediğini ve tamamen Cenab-ı Hakkın, kendi bileceği bir tercih konusu olduğunu ifade etmek lâzımdır.

"Bu kâinatın yaratılmasındaki en önemli sebep, Allahü Tealâ'nın kendi manevî güzelliğini ve mükemmelliğini, yarattığı mahlûkatta görmek istemesidir. Yani ilminin sonuçlarını, kudretinin harikalarını, güzelliğinin yansımalarını, zenginliğinin genişliğini, merhamet ve şefkatinin görüntülerini varlık aynalarında bizzat seyretmek istemesidir."

-"Yani ressamın, kendi yaptığı resmi seyretmesi gibi mi?"

-"Öyle de denebilir.

"Bilindiği gibi meşhur bir kaide vardır; 'her cemal (güzellik) ve kemal (mükemmellik) sahibi, kendi cemal ve kemalini görmek ve göstermek ister.

"Bu arzuyu, senin de dediğin gibi, maharetli sanatkârlarda görmek mümkündür. Meselâ; usta bir ressam, çeşitli resimler yapar. Eserlerini önce kendi seyreder, onda sanatının güzelliğini görür. Tarifsiz bir lezzet alır. Sonra sergiler açar, seyircilere gösterir. Onların takdir ve tebriklerinden memnun olur.

"Öte yandan değerli bilgilere sahip olan bir âlim; faydalı kitaplar yazar. İlminden başkasının da faydalanmasını ister. Okuyucuların bundan istifade ettiğini görüp, teşekkürlerini de işittikçe, bu faaliyetinden dolayı sonsuz zevk alır.

"Allah'ın kâinatı niçin yarattığı konusuna, bu misaller açısından bir derece bakılabilir.

"Bu konuda bilinmesi gereken bir diğer nokta da şudur: 'Mahlukatı halk ettim. Ta ki, fayda, menfaat, lütuf ve keremler onlara ola. Yoksa bana değil. Yani onlar benden fayda göreler, ben onlardan değil." Hadis-i kudsîsinin beyanı ile, yaratılanlar, Cenab-ı Hakkın inayet ve ikramına, lütuf ve keremine, ihsan ve merhametine muhtaçtırlar.

"İşte, bütün mahlûkatı yoktan yaratıp, onlara en büyük ikramları sunan ve bütün ihtiyaçlarını yerine getiren, bir de onlara ebedî bir hayat vaadeden Cenab-ı Hakka 'Niçin bu kâinatı yarattın' denilebilir mi?"

Mehmet, sorunun cevabını yeterli bulmuş olacak ki, bir soru daha sordu:

-"Madem Allah var, öyleyse neden görülmüyor? Artık uzay çağındayız. Varlığı olan her şey tespit ediliyor. Eğer olsaydı (haşa) görürdük? Gözümüzün görmediği ve teknolojinin tespit etmediği bir şeye nasıl inanalım?"

Bu soru, iman inkâr zemininde sürekli olarak konuşulan konuların başında yer almaktaydı. Belki de, insanlığın var olduğu günden, kıyamete kadar sorulmuş ve sorulacak olan soruların en önünde bulunuyordu. İnkârı ve imansızlığı, bir dâva olarak kabul etmiş olan insanlar, saf ve masum insanların karşısına, kendi dâvalarını anlatmak için, bu ve benzeri sorularla çıkıyorlardı. Bu şekilde zihinlerini bulandırıp, istedikleri yöne çekmek için uğraşıyorlardı.

Öğrencimden gelen bir telefona daha cevap verdikten sonra, sorunun cevabına döndüm. Mehmet beni, büyük bir dikkatle dinlemeye devam ediyordu.

-"İnsan gözü, kâinatta varlığı olan her şeyi görmeye müsait değildir. Gözün görme kapasitesi, son derece sınırlıdır. Uzak mesafelerdeki eşyayı görmediği gibi, iç içe olduğumuz bazı canlıları, mikropları, bakterileri, mor ötesi ışınları ve elektriği de göremeyiz. Ama, inanırız.

"Aslında görmek ve inanmak kavramlarını birbirine karıştırmamak lâzımdır. İnanmak aklın ve zihnin işidir. Görmek de gözün görevidir. Her şeyi göz görmez, bazı şeyler zihinle, kulakla ve dil ile görülür.

"Sesler âlemini kulak ile görürüz. Tatlar âlemini de dil ile görürüz. Kokular âlemini de burun ile görürüz.

"Radyoya bak, haberlerde ne var, denilen bir kişi, radyoyu gözü ile değil, kulağı ile dinler ve haber verir.

"Çorbaya bak tadı nasıl, denilen bir kişi de, çorbaya gözü ile değil dili ile bakar.

"Şu güle bak kokusu nasıl, denilen bir kişi ise, gülün kokusuna burnu ile bakmaya çalışacaktır.

"Yoksa göz ile, ne haberler, ne çorbanın tadı, ne de gülün kokusu görülür. Peki bunları inkâr mı edelim?

"Aklımız, dünyanın güneş etrafindaki dönüşünü tanzim eden çekim kanununu gördüğü halde, bunu gözümüzle görmüyoruz diye inkâr edemeyiz.

"Şefkatli, merhametli ve çok iyi niyetli öğretmen diye anlattığımız kişinin bu meziyetlerini gözle görmediğimiz halde inkâr edemeyiz. Çünkü manevî kuvvetler gözle değil, akıl ile, kalp ile hissedilir, anlaşılır ve görülür.

"Bir mimarîdeki muhteşem yapıyı görüp 'şu sanata bak' dediğimiz zaman, o sanata göz ile değil, akıl ile bakarız Çünkü göz, sanatı değil, taşı görür. Sanatı gören akıldır.

"Gözümün görmediğine inanmam diyenler, dilin, kulağın, burnun ve aklın vazifesini göze yüklemektedirler. Bu yanlıştan dolayı da 'görmediğime inanmam' diye, önemli bir yanlışa daha düşmektedirler."

Mehmet, tekrar söze karışarak bir başka soruyla konuyu derinleştirmek istedi.

-"Peki hocam. Allah nasıl bir şey ve nasıl var olmuştur?"

"Allah'ın (hâşâ) nasıl bir şey olduğunu, kime benzediğini ve nasıl olduğunu, insan aklının sınırlı kapasitesiyle bulmak ve çözmek mümkün değildir," diyerek bir giriş yaptım. "Çünkü, insan aklının belli sınırları vardır. Sınırlı olan akıl ile, sınırsız olan bu hususu anlamanın imkânı yoktur. Bu tıpkı, bir kilo ağırlıkla sınırsız bir ağırlığı tartmaya kalkmak gibidir.

"Kâinatı ve insanları yaratan Cenab-ı Hak, yarattığı mahlûkatın cinsinden olmadığı için, bir kıyas yapmak da mümkün olmamaktadır.

"Bir tabloya baktığımız zaman, o tablonun bir sanatkârın elinden çıktığına, kendi kendine çizilmediğine mantıken karar veririz. Fakat tabloyu çizen sanatkârın da, boyalar, çerçeveler, bezler ve fırçalar cinsinden olmadığını ve onlara asla benzemediğini de biliriz.

"Tabloyu yapan sanatkâr, etiyle, kemiğiyle, kanıyla, aklıyla, iradesiyle, bambaşka bir varlıktır. Yaptığı tablonun cinsinden değil ve asla da benzemez.

"İşte kâinatın yaratıcısı Cenab-ı Hak da, kâinat cinsinden olmadığı için, yarattıklarına asla benzemez. Onun tarafından yaratılmış olan bizler de, yaratıcımızı anlamak için, onu neye benzetmeye çalışırsak çalışalım, yine de isabet edemeyiz. Aklımıza gelen her şey, Allah tarafindan yaratılandır. O hiçbir şeye benzemez. Dolayısıyla, kime benziyor ve nasıldır gibi sorulara, "O yaratandır," Yaratanı, yaratılan anlayamaz, diye cevap, vermeliyiz.

"Cenab-ı Hakkı (hâşâ) kim yarattı, sorusuna da, bir nebzecik cevap için, şunlar söylenebilir:

"Cenab-ı Hakkın varolduğu konusunda insan aklının bir açıklama yapması mümkün değildir. Çünkü insan ve onun aklı mahlûktur, yani yaratılmıştır. Yaratılan bir şeyin, yaratanını anlaması ve çözmesi mümkün olmaz.

"Çok ünlü bir kaide gereğince; 'Mahluk (yaratılan), Hâlikını (yaratanını) ihata edemez. Yani, anlayamaz, kavrayamaz.' Akıl da bir mahluktur. Öyle ise o da Hâlikını ihata edemez.

"Meselâ; bir soba şuurlu olsa ve kendi ölçüleriyle ustasını tanımaya çalışsa, ustasını kendisine ve çevresindekilere kıyas edip, tanımaya çalışacaktır.

"Ustasının da kendisi gibi, kömür veya odun yediğini, sonra da kül ve duman çıkardığını, elinin yüzünün siyah olduğunu, üç veya dört ayağının bulunduğunu tahmin edecektir. Ve tabiî ki her tahminde de hata edip, ustasını tanıyamayacaktır.

"İnsan da Hâlikını tanımak ve Onunla ilgili bir tahminde bulunmak için bildiği ve hayal ettiği şeylerle Onu kıyaslayacaktır. Bu da isabetsiz ve hakikatten uzak olacaktır."

Mehmet yeni bir şey keşfetmiş gibi, tekrar söze karışarak:

-"Hocam," dedi. "Allah'ın nasıl var olduğu konusuna gelelim."

Ben de devam ettim.

-"Cenab-ı Hakkın nasıl varolduğu hususuyla ilgili şu iki misal, konuya açıklık getirecektir.

"Birincisi: çokça vagonları olan bir tren düşününüz. Bu vagonlardan her birisini bir önceki vagonun çektiğini biliriz. Ancak 'Lokomotifi kim çekiyor?' diye bir soru sorulamaz. Çünkü, bütün vagonları çekip, kendisi de çekilmeyen bir lokomotif olmazsa, düzenli hareket oluşamaz.

"İkincisi: Askerlik sisteminde bir onbaşı, emri çavuştan alır. Çavuş da bir üstünden. O üstü de, diğer bir üstten emir alır. Nihayet iş genel kurmay başkanına ve eski ifadeyle iş padişaha kadar dayanır. Peki padişah emri kimden alıyor, diye bir soru sorulamaz. Eğer padişah da bir yerden emir alsa, o zaten padişah olamaz. Padişah olmanın özelliği emir veren, ama emir almayandır.

"Bu misallerden anlaşıldığı gibi kâinatı ve bütün mahlûkatı yaratan Cenab-ı Hakktır. Onu kim yaratmıştır, diye bir soru sorulamaz. Çünkü yaratan, yaratılamaz. Onun var olma özelliği kendi zatına aittir. Ona, bizim akıl ölçülerimiz yetmez."

# ÇÜRÜMÜŞ KEMİKLER NASIL DİRİLECEK?

Bu konuyu, içten, samimî ve âdeta kendimizden geçercesine yürüttüğümüz sohbetimizi, yeniden tazelenen çay faslı bölmüştü.

Mehmet bu sohbete kendisini öylesine kaptırmıştı ki, çayları görünce, âdeta, "Bunun sırası mıydı, bu güzel sohbeti böldünüz" der gibi yüzünde ifadeler belirmişti.

Ben sonbete, çay içerken ara vermek istedimse de Mehmet, sorularını sormaya devam etti.

"Varsayalım ki, kâinatı Allah yarattı. İnsanları da yarattı ve imtihan için bu dünyaya gönderdi. İnsanlar bu dünyada bütün yaptıklarından dolayı bir hesap vermek için, öldükten sonra tekrar dirilmeleri gerekecek.

"İşte aklımın almadığı ve mantığımın da reddettiği yer burası... Ölmüş, eti ve kemiği çürümüş, belki de yeri yurdu kaybolmuş bir insan tekrar nasıl dirilecektir? Bu bana imkânsız gözükmektedir."

Mehmet'e tebessümle baktım. Onun bu hâli beni çok memnun etmişti. Çünkü, soruların devam etmesi olumlu bir gelişmeydi.

Çayımdan bir yudum aldıktan sonra devam ettim:

"Mehmet," dedim. "Bilmiyorum, aslında bu sorunun cevabını, soru sorarken verdiğinin farkında mısın?"

Mehmet elindeki bardağı bir anda indirip:

"Nasıl?" der gibilerden bana baktı.

"Soruya; kâinatı ve insanları Allah'ın yarattığını ve imtihan için dünyaya gönderdiğini varsayarak başladın."

"Evet."

"Kâinatı, insanları yaratan ve insanı bir imtihan için dünyaya gönderen zat, öldükten sonra insanı tekrar diriltemez mi?"

Önce sessizlik oldu. Hemen ardından, ben devam ettim:

"Ama bu soru sürekli soruluyor, bundan sonra da sorulacaktır. Cevabı üzerinde de yeterince durmak lâzımdır. Ayrıca bu sorunun tarihi bir geçmişi vardır. Şöyle ki:

"Ubeyy bin Halef adında bir müşrik, eline çürümüş bir kemik alarak Peygamberimizin (a.s.m.) huzuruna girer. Kemiği elinde ufalayarak, Peygamberimize gösterir ve der ki: 'Cenab-ı Hak bu kemiği diriltecek, öyle mi?'

"Peygamberimiz (a.s.m.) ise: 'Evet,' der. 'Bu çürümüş kemiğe, Cenab-ı Hak can verecektir.'

"Bunun üzerine, Yâsin Suresindeki 78 ve 79. âyetleri iner. Bu âyetler meâlen şöyledir: İnsan der; 'Çürümüş kemikleri kim diriltecek?' Sen de 'Kim onları başlangıçta inşa edip hayat vermiş ise, o diriltecek.'

"Ayette dikkat çekilen nokta, insanın dünyaya gelmesindeki, yani ilk yaratılışındaki mükemmelliktir. Bütün insanlar, yokluktan bu varlık âlemine çıktığına göre, öldükten sonra tekrar hayat bulmalarında da elbette bir zorluk yoktur.

"Evet, haşir adını verdiğimiz bu ikinci yaratılış, belki de ilk yaratılıştan daha kolaydır. Bedîüzzaman Hazretleri, öldükten sonraki yaratılışın kolaylığına dikkat çekerken verdiği bir misalde, bir ordunun ilk defa toplanması ile, toplandıktan sonra dağılıp bir boru sesiyle tekrar bir araya gelmesini kıyaslamaktadır. İlk toplantıda birbiriyle tanışan ve bulunmaları gereken yerleri öğrenen askerler, daha sonra dağılsalar bile, kolayca bir araya gelebileceklerdir.

"Bu hârika misaldeki ordunun erleri, insan vücudundaki zerrelere işarettir. Ve bu zerrelerin ölüm ile dağıldıktan sonra İsrafilin Sur'u (haşirdeki zerrelere verilen toplanma emrine ait boru sesi) ile tekrar bir araya gelmeleri, elbette ilkinden daha zor değildir.

"Haşrin, yani öldükten sonraki dirilişin akıldan uzak görünmesi, genellikle ilk yaratılıştaki mükemmelliğin bilinmemesinden ve üzerinde fazla düşünmeyerek onun 'kolay ve sanatsız' zannedilmesinden kaynaklanmaktadır. Oysa ki günümüzün bütün tıp otoriteleri, insanoğlunun anne karnındaki 'hayat bulma mucizesi' karşısında şaşkınlığa düşmektedir.

"Dr. Haluk Nurbaki, konuyla ilgili, şöyle demektedir:

"İnsanın maddî hayatının nasıl saklanacağı ve öldükten sonra nasıl iade edileceği konusu akıldan uzak görülebilir. Ancak, bir insanın maddi bütün özellikleri, bir toplu iğne başının on milyarda biri kadar olan küçük tohum kartlarına (DNA'lara) yazılabilir. Bu ilmî gerçek, kesinlikle doğrulanmıştır. Böyle bir tohum kartının eğer toprakta gelişme şansı olsa idi, yeryüzüne gelmiş ve gelecek olan bütün insanların tohum kartlarını bir bardağa doldurarak toprağa atmak ve hepsini birden diriltmek mümkün olabilecekti.

"Toprak altında asırlarca bozulmayan ve bu arada hiçbir canlılık emaresi taşımayan virüsler, uygun bir ortamda tekrar hayat bulurken, vefat etmiş insanoğlunun Cenab-ı Hakkın emriyle tekrar hayat bulmamasına imkân var mıdır?

"Kâinatı bütün mahlûkatıyla kusursuz olarak yaratan Rabbimiz, o bir çay bardağı dolusu şifreyi arza döküp, 'Ol' emriyle tek tek dirilterek İlâhî sahnede toplayacaktır."

## ALLAH'IN, BİZİM İBADETLERİMİZE NE İHTİYACI VAR Kİ "İBADET EDİN" DİYE ISRAR EDİYOR?

Kendimizi bu sohbetin öylesine doyumsuz bir büyüsüne kaptırmıştık ki, soruların ve cevapların heyecanıyla, önümüzdeki çaydanlığın nasıl boşaldığının farkında bile değildik.

Mehmet çok zeki bir delikanlıydı. Anlatılanları çok iyi anlıyordu. Bunun için de sohbetin havası gittikçe daha da derinleşip, koyulaşıyordu. Bu son derece hoş, etkili ve anlamlı süren bu karşılıklı güzel sohbetin, hayırlı bir sonuca ulaşması için, Rabbime dualar ediyor ve bütün kalbimle yalvarıyordum.

Mehmet, kulluk görevinden kaçmak isteyen insanların, çok sık sorurları bir soruyu, yeni keşfetmiş gibi heyecanla gündeme getirdi, yeden;

-"Peki hocam, Allah'ın bizim ibadetlerimize ne ihtiyacı var ki, bizi ibadet etmeye zorluyor. Halbuki birçok insan, ibadetin ağırlığından dolayı Allah'tan kaçıyorlar. Bu ibadet olmasa olmaz mıydı?Halbuki Allah kendini sevdirmesi için, ibadetleri kaldırması lazım?"

Sanki Allah'a(haşa), yeni bir teklif götürürcesine, son derece ciddi bir eda ile sorduğu bu soru karşısında, farkından olmadan, hafifçe gülümsedim. Bunun üzerine Mehmet, ciddiye alındığını sanarak, bir açıklama yapma ihtiyacı hissetti:

-"Hocam, bu ve benzeri sorular, sizin için saçma-sapan gelebilir. Ama benim için öyle değil. Her şeyi, ama her şeyi mantığıma yatana kadar sorgulamak ve araştırmak zorundayım. Yoksa başka türlü olmuyor.

Ya bu konuları hiç konuşmayacağız, ya da sonuna kadar ve ayrıntılı bir şekilde tartışıp bir sonuca bağlıyacağız."

Bu ifadeler çok içten ve çok samimiydi. Sanki imdat bekler ve hatta yalvarır bir hâli vardı. Aç, susuz bir insanın yiyecek dolu bir sofraya oturması gibi, Mehmet de çok uzağında olduğu ve çok da bilmek istediği imânî konulara âdeta açtı. Hem de öylesine açtı ki, soru sorarken ve sorduğu sorunun cevabını dinlerken, sanki konuların içinde yüzüyordu. Bu sohbetten bir türlü çıkmak istemiyordu. Araya bir başka konu karıştığı zaman, derhal, "Asıl konumuza gelelim" diyerek beni uyarma ihtiyacı hissediyordu.

-"Tabiî ki Allah'ın bizim ibadetlerimize ihtiyacı yoktur" diye sorduğu soruya cevap vermeye başladım.

"Esas ibadetlere ihtiyacı olan biziz. Bizim ihtiyacımız olduğu için, Cenab-ı Hak, ısrarla ibadetleri yerine getirmemizi istiyor.

"Nasıl" der, gibi gözlerime baktı.

Doyurucu bir bilgi aktarmak için, Bediüzzaman Said Nursî'nin Lem'alar isimli kitabında, bu sorunun cevabıyla ilgili bir misal buldum ve okumaya başladım.

"Cenab-ı Hak, senin ibadetine, belki hiçbir şeye muhtaç değil. Fakat sen, ibadete muhtaçsın; mânen hastasın. İbadet ise, manevî yaralara tiryaklar (ilâçlar) hükmündedir... Acaba bir hasta, o hastalık hakkında, şefkatli bir hekimin ona nafi (faydalı) ilâçları içirmek hususunda ettiği ısrara mukabil, hekime dese: 'Senin ne ihtiyacın var, bana böyle ısrar ediyorsun?' Ne kadar mânâsız olduğunu anlarsın."

Kitaptaki misali okuyunca Mehmet'in gözüne baktım. Beni pür dikkat dinliyordu. Başını hafifçe eğerek, kısık bir ses tonuyla:

-"Enteresan bir misal," dedi.

Devam ettim.

-"Allahü Teâlâ bu kâinatı lûtfuyla bize hizmetkâr yaptığı gibi, taat ve ibadeti de yine lûtfuyla bizlere emrediyor. Tâ ki onlarla ebedî saadete mazhar olalım. Çünkü Cenâb-ı Hakk'ın insanın ibadetine hiçbir ihtiyacı olmadığı gibi, onun isyanından da bir zarar görmemektedir. Her iki halde de, sadece insanın fayda ve zararı söz konusudur.

"İşte, ibadetlerin emredilmesinin insan hakkında binlerce faydası vardır. İbadetlerini düzenli sürdüren bir insan, düzenli bir hayata kavuşur, dünyada rahat eder. Kâinatın ve kendisinin yaratılış gayesini anlar, amaçlı ve ebedî hayatı kazanır. İbadetleri yapmak kadar insan için daha iyi bir sermaye var mıdır?"

Mehmet sorduğu sorunun cevabını dinlerken, yine önemli bir keşifte bulunuyormuş gibi gözlerini bir noktaya dikti.

-"Hocam, şu kader konusunda, kafamı karıştıran bir yığın açmaz var."

"Nasıl" der gibi Mehmet'e bakınca, o da açıklamaya devam etti:

-"Neden Allah, kaderle insanların hayatını sınırlıyor ve yönlendiriyor? Bu insanın iradesine ve yaşam tercihine müdahale değil mi?"

Bu soruyu Mehmet, çok iddialı, biraz da heyecanlı bir şekilde sormuştu. Bunun nedeni ise, kaderle ilgili yanlış ve eksik bilgilere sahip olmasıydı. Çünkü, birçok insan, ya bilmeden, ya da kasıtlı olarak, âdeta Allah'a veya dine (hâşâ) dil uzatmak cür'etinde bulunmak istedikleri zaman, bu işe, kaderi tenkit ederek başlıyorlardı. Âdeta kader konusu içinden çıkılmaz bir husus gibi takdim ediliyordu.

Yine bu soruya cevap verirken de, Risâle-i Nûr kitaplarından istifade ettiğim bazı bilgileri hatırladım ve bunu yorumlamaya çalıştım:

-"Her eser bir plânın sonucudur. Her şey bir ölçüye göre şekillenir. İnsan da öyledir. Gözün büyüklüğü, dilin uzunluğu, kafanın ağırlığı, belin inceliği ve diğer uzuvların biçimi, görünmez bir sınır çizgisine boyun eğiyor. Vücudumuzda görev alan atomları, belirli hudutlarda tutan bir kuvvet var. Bu iş de bizim rolümüz yok. Hücreye genetik şifreyi biz koymadık. Genlerdeki bilgileri okuyup da, o plâna göre vücudumuzu inşa da etmedik. Bunlar sınırsız bir ilmin, iradenin ve kudretin sonucu. Peki bu sıfatlar kime ait? Tabiî ki Allah'tan başkasını düşünmek mümkün mü? O zaman, planlayan da, yaratan da Odur.

"Konuyu derinliğine ele almak istersek. Önce şu üç kavrama açıklık getirmemiz lâzımdır. Bunlar; kader, kaza ve iradedir.

"Kader; Allah'ın her şeyi bilmesi ve buna göre de yazmasıdır. Bir başka ifadeyle, kâinatın plânı ve projesidir. Olmuşlar, olanlar ve olacaklar 'Kader Defteri'nde mevcuttur.

"Kaza ise; kaderdeki hükmün infazıdır. Yani, kaderde yazılanların başa gelmesidir.

"İrade de; insanlardaki seçme kuvvetidir. Başka bir ifadeyle, önündeki şıklardan veya yazılardan birisini tercih etme hakkıdır."

Mehmet, aniden atıldı:

-"Hocam, biraz karışık gibi geldi. Biraz daha netleştirelim" dedi.

-"Daha açık bir şekilde ifade etmek için şöyle bir misal verebiliriz.

"Bizim nerede, ne zaman, ne yapacağımız yazılmıştır. Şu anda seninle birlikte sohbet edeceğimiz kaderimize yazılmış. Bu kaderdir. Seninle sohbet etmemiz ise, kaderdeki hükmün yerine getirilmesidir. Yani kazadır. Seninle sohbet edip etmeme konusunda, sohbet etmeyi tercih etmemiz ve sohbete karar vermemiz ise, iradedir."

Mehmet birden;

-"Yani kader, bizim dışımızda, hayatımızı plânlayan ve bizi bir yöne zorlayan bir plânlamadır.Öyle mi?" diye müdahalede bulundu. Ses tonu yine karışık ve biraz da sertti.

Havayı oldukça yumuşatarak;

-"Hayır" dedim, "Tam öyle değil, eksik yönleri var. Bunu aydınlatmak için kader konusunu biraz açalım.

"Kaderi ikiye ayırabiliriz. Birisi ızdırârî, diğeri de ihtiyârî kaderdir.

"Iztırârî kader'de, bizim hiçbir tesirimiz yoktur. Dünyaya geleceğimiz yer, anne ve babamız, şeklimiz, cinsiyetimiz ve kabiliyetimiz gibi şeylerdir. Bunlara biz karar veremeyiz. Bunlar için bir mesûliyetimiz yoktur.

"İhtiyârî Kader ise, irademize bağlıdır. Biz neye karar vereceksek, neyi tercih edeceksek ve ne yapmak isteyeceksek, Allah; ezelî ilmiyle bunları biliyor ve öyle de takdir edip, yazıyor."

-"Burası çok önemli" diye atıldı.

-"Evet" diye devam ettim. "Çok önemli. Hep yanlış anlaşılan nokta da burası."

# BİZ KADERİN MAHKÛMU MUYUZ?

"Bu bilgiler, insanların sık sık kullandığı 'kader mahkûmu' konusuna da bir açıklama olur. Çünkü, 'kader mahkûmu' deyimi ile, (hâşâ) Allah ve kader suçlanıyor. Âdeta insanlar masummuş da, kader onlara zulmediyormuş gibi bir görüş oluşturmak isteniyor. Bu tamamen, kader konusunu bilmemekten ve insanların kendi iradeleriyle işledikleri suçu kadere yıkıp, kurtulmak istemelerinden kaynaklanıyor.

Buradaki anlaşılmayan püf nokta şudur:

"Cenab-ı Hak, doğumumuzdan ölümümüze kadar neleri tercih edeceğimizi, neleri isteyeceğimizi ve nasıl yaşama arzusu içinde olacağımızı ve irademizi nasıl kullanacağımızı, ezelî ilmiyle daha doğmadan önce biliyor ve bu isteklerimize göre kaderimizi yazıyor. Yani bizim tercihlerimize ve isteklerimize göre Cenab-ı Hak kaderimizi önceden plânlayıp oluşturuyor. Bundan dolayı, (hâşâ) Allah ve kaderi suçlama hakkımız yoktur. Ancak, yanlış kullandığımız irademize suç bulabiliriz."

Mehmet'in, sanki aradığını yeni bulmuş gibi gözleri bir anda parladı:

-"Gerçekten harika, hocam," dedi. "Bu ayrıntı hep atlanıyor, bütün mesûliyet, kadere yükleniyor. Evet, demek insanın tercihini Allah önceden bildiği için yazıyor. Dolayısıyla insanı bir yöne zoraki yönlendirmiyor."

Mehmet çok iyi anlıyordu. En karışık konuları bile, küçük bir izahla yeterince kavrayabiliyordu. Mehmet konunun temelini kavradığı için, detaylı izahlara gerek kalmamıştı.

-"Kader değişir mi?" diye, konuyla ilgili son bir soru sordu.

-"Bir iş yaparken, âniden o işi bırakıp, başka bir iş yapmaya başlayarak 'işte kaderimi değiştirdim' diyenler çıkmıştır.Ama onlar bilmiyor ki, bu davranışlarıyla kaderi değil, yaptığı işi değiştiriyorlar.

İnsan kader okyanusunda yüzen bir gemi gibidir. Rotasını ne yana çevirirse çevirsin, yine de okyanusun içindedir, dışarı çıkamaz. Yazı yazan adam, türkü söylemeye başlarsa kader değişmez. Bununla şunu anlarız ki, onun kaderinde önce yazı yazmak, sonra da 'işte kaderimi değiştiriyorum' deyip, türkü söylemek varmış. Fiiller başkalaşır, ama kader değişmez. Bir ağacı gösteren aynanın yeri değişmekle, ağacın da yeri değişmez."

Mehmet çok samimî bir ses tonuyla:

-"Çok güzel bir açıklama oldu" diyerek hislerini ifade etti.

Sorulan sorular, cevaplarını buldukça, Mehmet'in yüz ifadelerinde belli bir rahatlama görülüyordu. Sohbet başındaki o tedirgin ve zaman zaman da o gergin hâli hissedilir bir sakinliğe dönüşmekteydi. Gözlerinde tatlılaşan pırıltılar ve dudaklarına yayılan anlamlı tebessüm, ruhunda kopan fırtınanın dinmeye başladığını gösteren birer işaretlerdi.

Uzayan sohbetin havasında Mehmet'i sıkmamak için:

-"Mehmet, ben vakit çok ilerlemeden yatsı namazımı kılayım, sen de eğer istersen yine bir balkon safhası yap" dedim.

Ne demek istediğimi anlayınca:

-"Hocam sohbet bizi öylesine kendisine çekti ki, sigara aklıma bile gelmiyor" diye bir itirafta bulundu.

Ben namaz için kalktım. Mehmet de balkona çıktı. Bu şekilde bir ara vermiş olmamız, Mehmet'e dinlediği cevapları, sakin kafayla kendi kendine değerlendirme imkânı verebilirdi.

Seccademin başına geçip, Rabbimle baş başa kalınca, kendimi dayanılmaz bir çekim alanında hissettim. Müthiş bir heyecan, bütün dünyamı bir anda kuşatmıştı. Bizi bekleyen bu çok zor göreve layık olamamanın telaşı ve tedirginliği içindeydim.

Kalbimi, yüreğimi ve bütün duygularımı Rabbime açtığımda, tek isteğim; Düzceli Mehmet'in hidayete ermesiydi. Bunu öylesine hararetle ve hasretle istiyordum ki, dualarımı ve dileklerimi Cenab-ı Hakka sunarken, gözyaşlarıma mani olamıyordum. Bütün ruhumla ve bütün benliğimle Yüce Allah'a yönelerek, yalvarıyordum. Biliyordum ki, Cenab-ı Hak, samimine dilekleri geri çevirmeyecek kadar merhamet ve kerem sahibiydi.

Odaya döndüğümde, Mehmet gözlerini bir meçhule dikmiş, kafasında dolaşan binlerce düşünceyi sıraya koymaya uğraşıyordu. Belki de beyninde esen deli fırtınaların etkisiyle boğuşuyordu. Büyük, hem de çok büyük bir hesaplaşma içinde bulunduğu açıktı.

Benim içeri girdiğimi görünce toparlandı. Yeniden karşı karşıya oturduk.

Mehmet hiç ara vermeden, bıraktığı yerden devam etti:

-"İnsan ruhuyla ilgili ne dersiniz, hocam. Ruhla ilgili de birçok yorumlar okudum. Hepsi de birbirini tutmaz ve farklı şeylerdi. Ruh denilen şey nedir?Vücudun neresindedir, nasıldır, ne halde bulunur?"

Bu çok samimî, içten ve merak dolu soruyu cevaplamaya çalıştım.

-"Kâinatı ve kâinatın içindeki muhteşem düzeni yaratan, insanı da dünyaya gönderen Cenab-ı Hakk, her insan için de bir ruh yaratmıştır.

"Kâinatta görülen mahlûklar vardır, bir de görülmeyen yaratıklar vardır. Görülmeyen mahlûklardan birisi de insan ruhlarıdır.

"Ruh, zatında hayat ve şuur sahibidir. Bedene inmeden önce, ruhlar âleminde bekler. Ceset giydikten sonra, her fiilini bedeniyle yapar. Dünyadaki ömrü boyunca bedene mahkûmdur. Ölüm anında beden hapsinden kurtulur, fakat bütün bütün çıplak kalmaz, 'misalî bir ceset' veya 'lâtif bir kılıf' giyer. Beden onun bir nevî evidir. Öldükten sonra hiçbir vasıtaya ihtiyaç duymaksızın, görür, işitir, anlar, bilir ve hisseder. Kıyamete kadar, 'berzah' âleminde bekler. Bu bekleme döneminde, ya Cennet saadetine benzer bir saadetle yaşar, ya da kabir azabı çeker. Berzah veya kabir hadis-i şerif'in ifadesiyle, 'Ya Cennet bahçelerinden bir bahçe veya Cehennem çukurlarından bir çukur'dur. Kıyameti müteakiben 'mahşer'de, yeniden yaratılan bedenine döner, dünyada yaptıkları için o 'büyük mahkeme'de hesap verir."

Düzceli Mehmet, ruh konusundaki açıklamayı daha fazla dinlemeyerek, anlaşılmaz bir şekilde bir başka konuya geçti. Belki de daha fazla önemsediğini bir hususun açıklanmasını istemişti.

-"Niçin" dedi, "Her Müslüman kendi dilinde değil de, Arapça olarak ibadet ediyor? Allah her dili işitiyor, her kulun yalvarışını anlıyorsa, neden Arap dilinde ibadete zorlanıyoruz? Bu konuda bir terslik yok mu?"

Bu soru da son günlerde, yeniden gündeme önemli konular arasındaydı.

Bu soruyu soranların bir kısmı, konunun özünü bilmeyenlerdi ve öğrenmek niyetiyle soruyorlardı. Ancak, büyük bir kısmı da, daha çok İslâm'a olan kötü niyetlerini belirtmek ve zihinleri bulandırmak amacıyla yapıyorlardı. Fakat Mehmet, bu konuda samimiydi ve işin istismarını yapmıyordu.

Bir taraftan evin hanımı ikramlarına devam ederken, bir taraftan da karşılıklı müzakerelerimiz sürüyordu.

-"Malûmdur ki, Müslümanlar namazlarında Kur'an-ı Kerîm'in bâzı parçalarını okumakla (kıraatle) mükelleftirler. Müslümanların ana dili ve vatanı ne olursa olsun, bu usûl, Hz. Peygamber zamanından beri değişmemiştir.

"İlk bakışta mü'minin, kendi konuştuğu ve anladığı bir dilde ibadet etmesinin, gayet doğal olması gerektiğini akla getiriyor. Ancak, konu derinliğine incelendiğinde, bilinmesi gereken önemli ayrıntıların olduğu da gözden kaçmıyor.

"Her şeyden önce dua ile namaz arasında açık bir ayırım yapmak icabeder. Namaz dışındaki duada mü'minin ihtiyaçlarını ve dileklerini Rabbine istediği dilde bildirmesi yasak değildir. Bu şahsî bir mes'eledir ve kulun Hâlik'ı ile olan vasıtasız münasebetleri ile ilgilidir. Buna mukabil namaz kollektif, umumî bir ibadettir ve namaza iştirâk eden diğer mü'minlerin ihtiyaçları da dikkate alınmalıdır. Namaz, prensip olarak ve tercihen cemaatle kılınır; tek başına ferdî olarak kılınan namaza müsaade vardır, fakat asla tercih edilmez, tercih cemaatle kılınan namazdır.

"Şayet İslâmiyet herhangi bir bölgenin, ırkın, milletin dini olsaydı, şüphesiz bu bölgenin, bu ırkın veya bu milletin dili kullanılabilirdi. Fakat, bütün ırklardan ve dünyanın değişik noktalarında oturan ve her biri diğerleri tarafından anlaşılmayan yüzlerce dili konuşan mü'minlere sâhip, cihanşümûl bir dînin icapları başka olacaktır. Çince bilmeyen bir Türkün Çin'e gittiğini ve sokaklarda çing çang çung'a benzer sesler işittiğini farz edelim. Âşikârdır ki o hiçbir şey anlamayacaktır ve şâyet bu sözler ezanın, Allahü Ekber'in tercümesi ise, hiçbir şeyin farkına varamayacak ve meselâ Cuma namazını kaçıracaktır. (Çin'deki camiler Türkiye'deki minareleri ile kendini belli eden camilere hiç benzemez.) Aynı şekilde Türkiye'den geçen Çinli Müslümanın, Türkiye'deki Müslümanlar kendi dilleriyle ibadet ettikleri takdirde, dindaşlarıyla ortak hiçbir tarafı olmayacaktır. Şu halde cihanşümûl bir dînin bâzı müşterek esasları olmalıdır. Bu mevzuda ezan ve kıraat şüphesiz iki esas unsuru teşkil eder.

"Örnek olarak beynelmilel kongre ve toplantıları zikredebiliriz. Meselâ, Birleşmiş Milletlerde herkes kendi dilini değil, Fransızca, İngilizce gibi müsaade edilen dilleri kullanır. Umumun menfaati için, hususî menfaat feda edilir.

"Meselenin daha az mühim olmayan diğer bir cephesi vardır; hiçbir tercüme asla orijinalinin yerini tutamaz. Kur'an-ı Kerîm'in yüzden fazla Türkçe tercümesi vardır ve her gün bunlara bir yenisi katılmaktadır. Bu da yeni âlimlerin, eskilerin tercümelerini yetersiz bulduklarını gösterir. Bütün diller için ve bir dilden diğer bir dile tercüme edilen herhangi bir eser için bu durum söz konusudur. Şu halde kifâyetsiz bir şey mi, yoksa hatâsız orijinal mi kullanılmalıdır? Burada şu noktayı bilhassa açığa kavuşturalım ki, İslâm'dan başka hiçbir din, peygamberine gönderilen vahyin orijinaline sâhip değildir. Bugün Hıristiyanların, Yahudilerin, Mecusîlerin sâhip olduğu dinî kitaplar; tercümeler, toplamalar, vs.'dir. Müslümanların, vahyin orijinaline, Kur'ân-ı Kerîm'e sâhip bulunmaları, kendileri için ne büyük bir şanstır.

"Şunu da unutmayalım ki, namazda kullanılacak pek az kelime vardır. Önce ezan ve kamet, sonra Allahü Ekber, Sübhâne rabbiye'l-azîm, Sübhâne rabbiye'l-a'lâ gibi ifadeler, Fâtiha sûresi ve iki kısa sûre vardır. Hepsi bir sahifeyi dahi aşmaz. Ve bu kelimelerin ekseriyeti herkesçe bilinir, bütün Müslümanların dillerine geçmiştir. O derece ki, çocuk veya yeni başlayan biri onların mânâsını zahmetsiz ve büyük bir gayret sarf etmeden öğrenir. Bu ifadelerin mânâsı bir defa öğrenilince artık itiraza yer kalmaz.

"Son olarak, namazda Kur'ân-ı Kerîm'in tercümesinin okunmasının câiz olduğunu ileri sürmek için İmam-ı Â'zam Ebû Hanife'nin fetvâsına istinat ettiklerini söyleyen yazarları ele alalım. Bu yazarlar niçin hakikati tam olarak ifadeden kaçınıyorlar? İmam-ı Â'zam Ebû Hanife Hazretleri başlangıçta bu kanaatte olmasına rağmen, zamanla fikrini değiştirmiş —Hidâye ve Dürrü'l-Muhtâr bu hususu açıkça kaydediyorlar— ve normal hallerde sadece Arapça metin okunmasına cevaz veren umumî kanaate iştirâk etmiştir. Bediüzzaman Saîd Nûrsî'nin de görüşleri bu yöndedir."

Mehmet'in bir diğer sorusu da, yine sık sık gündeme getirilen bir başka konuyla ilgiliydi.

-"Madem her şey Kur'ân'da olduğuna göre, mezhep imamlarına ve diğer İslâm âlimlerine ne ihtiyacımız var?" diyordu.

Bu soru asırlar boyu sorulmuştu ve sorulmaya da devam etmeliydi. Bu soruya da cevap vermeye çalıştım.

-"Bizler, Allah'ın şu kâinat kitabında kudret kalemiyle yazdığı eserlerinden kendi aklımızla çok az şeyler anlayabildiğimiz gibi, Kur'an'ı Kerîm'i okumakla veya ayetlerinin muhtasar manalarına nazar etmekle de çok az şey anlayabiliyoruz.

"Kâinat kitabını muhtelif yönleriyle ders veren fen âlimleri ve kâşifler oldugu gibi, elbette ki, Kur'an-ı Kerim'i de bizlere ders verecek âlimler ve müçtehitler olacaktır.

"Âmi bir insan güneşi bir elma kadar zannederken, bir astronomi âlimi o güneşin bu dünyadan bir milyon defadan ziyade büyük olduğunu görebilmektedir.

"Yine, okuma ve yazma bilmeyen bir adam, kanı kırmızı bir su olarak görürken, bir doktor o kan içindeki milyonlarca alyuvar ve akyuvarlara nazar edebilmektedir.

"Bir insan, bir nehre baktığında sudan başka bir şey görmezken, bir elektrik mühendisi o nehrin arkasında elektrik cereyanını görebilmektedir.

"Botanik ilminden habersiz olan bir kimse, bir bitkinin yüzüne dışarıdan bakarken, o fende terakki etmiş bir zat, bitkilerden gizli olan birçok hazineleri ortaya çıkarmakta ve eczacı ise, onlardan ilâç yapmaktadır.

"Şimdi bir adam eczaneden ilâç almayıp, 'Madem ki bütün ilâçlar çeşitli bitkilerden yapılıyor; o halde bu ilâçları bir eczacıya başvurup almak yerine, bunların kaynağından istifade edeceğim' diyerek, dağlara çıkıp ot toplasa ve onları ilâç diye yese, ne derece divanelik etmiş olur.

"İşte Kur'an-ı Kerim'in, her bir ayetinde ne derece büyük nurlar, ne gibi eczalar ve nasıl ince manalar bulunduğunu ve her bir ayetin ne kadar azim ve büyük olduğunu anlayabilmemiz için elbette ki, onun mütehassısı, eczacısı ve mühendisi olan zatların ilimlerinden faydalanmamız gerekiyor. Aksi halde, ne kadar sathî nazarla bakacağımız ve ne derece cahil olacağımız yukarıdaki misallerden anlaşılmaktadır."

Mehmet bir müddet sustu. Derinleşen yüz ifadelerinde, dinlediklerini hazmetmeye çalışmanın garip bir tedirginliği vardı.

Konuyu değiştirip, siyasî bazı hususlara girmek istedi. Ben de konuyu açılmadan kapatmak için:

-"Siyaseti pek sevmem ve ilgilenmem," dedim. "Beni daha çok insanların eğitimi ve bir vatandaşın nasıl dürüstçe yetiştirilebileceği konusu alakadar eder.

"Bugün insanların en muhtaç oldukları konu, siyaset değil, doğruluk, dürüstlük ve hoşgörüdür. Bu da imanla ve Allah korkusuyla mümkündür. Beni daha çok, işin bu yanı alâkadar etmektedir. Çünkü insan düzelince her şey düzelecektir. İnsanın düzelmesi de siyasetle değil, iyi bir karakter eğitimiyle mümkündür."

Bu kısa girişi bir firsat bilen Mehmet bir başka soru daha sordu:

-"Peki bir toplumun ve devletin düzelmesi, insanın yetişmesine ve düzelmesine bağlıysa, bu çok uzun bir yol olmaz mı? Yani bir insan ancak otuz yılda yetişir, eğitimini alır ve olgunlaşır. Bir toplumu düzeltmek için otuz yıl mı beklenecektir? Toplumu yönetenlerin değiştirilmesi ve daha ehil insanların getirilmesi daha kısa bir yol değil mi?"

Mehmet çok önemli bir soru sormuştu. Toplumun huzuru ve saadeti için ortaya çıkıp, acelecilik ve yanlış metotları yüzünden toplumun ne kadar sıkıntılar çektiği, yüzlerce örnekle bilindiği halde, hâlâ işin siyaset, darbe ve bir baskınla, yönetim kademesini değiştirip, topluma daha iyi yön vermek fikrinde olanlar vardı. Bu çok tehlikeli ve zararlıydı.

Bu soruya özenle cevap vermeye çalıştım.

-"Maalesef, bazı heyecanlı ve eksik metotlara sahip bazı insanlar, bu yolun çok uzun olduğunu iddia ederek, bedenin ancak baş değiştirmek sûretiyle tedavi edilebileceğini ileri sürmektedirler. Halbuki bu kimseler, başı değiştirelim derken gövdeyi de ölüme itmektedirler.

"Başla gövde arasındaki münasebet, idareci kadro ile, idare edilen zümre arasında da mevcuttur. Başta bir bozukluk varsa, onun tedavisi de tedricen, yani doğal şartları içinde, yavaş yavaş, sindire sindire olacaktır.

"Bu asırda iman eksikliğinden dolayı, kâinattaki mutlak hikmeti anlayamamak, kader ve cûz'i ihtiyârî münasebetlerini bilmemek gibi sebeplerden dolayı insanlarda birçok itikat hastalıkları doğmuş bulunmaktadır. Bir kimsede bu hastalıklarla ilgili işaretler görüldüğünde yapılacak şey, acelecilik edip, insana ve onun davranışlarına hücum etmek yerine, hastalığın kaynağını keşfedip, onu tedavi edici hususlar üzerinde durmak lâzımdır.

"İtikadı sarsılmış, imanı bozulmuş, davranışlarında kendisine ve topluma karşı zararlar oluşmuş bir kimseye, hücum edip, onu döverek, hapse atarak ve hatta öldürerek bu zararları ortadan kaldırmak mümkün değildir. O insanı, uzun bir yol da olsa, sabırla ıslah etmek gerekecektir.

"İnsanlar ıslah edilince, toplum da devlet de ve onu yönetenler de ıslah edilmiş olacaklardır. Bu uzun yolu, sabırla takip etmek lâzımdır.

"Vurarak, yıkarak, darbeyle veya siyasî entrikalarla insan ve toplum düzelmez. Daha çok karışır. Her şeyin başı insanı ve insan dünyasındaki olumsuz ve zararlı düşüncelerden kurtarmak, ona kim ve neci olduğunu, nereden gelip, nereye gittiğini ve gayesini hatırlatmaktır. Bu da Allah'a ve ahirete imanla mümkün olur."

Vakit bir hayli ilerlemişti.

## CEVAPLAR ÇOK ETKİLEYİCİ

Bize gece kahvesi getiren evin hanımı:

-"Sohbetiniz çok tatlı ama, misafirimizi de çok yordun" diye, tekrar araya girdi. "Neredeyse, sabah ezanı okunacak. Biraz ara verin de, daha sonra yine uygun bir vakitte devam edersiniz."

Bu sözler karşısında, acaba tepkisi nasıl olacak, diye Mehmet'e doğru baktım.

Mehmet, duraklamadan cevap verdi:

-"Hayır yenge, benim yorulduğum filân yok. Bu sohbetin ne anlama geldiğini bilmek için, şu anda iç dünyamda yankılanan sesi duymanız lâzımdır. Hayatımda çok isteyip de, konuşmaya ve sormaya korktuğum konular açıldı, bu gece... Bu gece, hayatımın ya sonu, ya da başlangıcı olur. Bilemiyorum, bir yerlerden bir yerlere doğru geliyorum. Bu yol nereye çıkacak onu da merak ediyorum.

"Çok sorular sordum, gerçekten çok da etkileyici cevaplar aldım. Henüz bunları yorumlayıp, detaylı bir şekilde değerlendirmiş değilim.

"Bu kadar önemli ve ağır konuları, ancak birkaç haftaya kadar hazmeder, bir sonuca ulaşırım. Düşünmek için zamana ihtiyacım var."

Bu tespitler çok önemliydi. Çok zeki, çok anlayışlı ve intikal gücü fevkalâdeydi. Cevaplar verilirken, sonucun nereye çıkacağını, daha işin başından itibaren anlıyordu. Bu da karşılıklı konuşmayı kolaylaştırıyordu.

İçtiğimiz gece kahvesinden sonra sorularına devam etti. Soruların cevaplarını ise, genellikle Risâle-i Nûr kitaplarından açıp okuduk. Çok etkileniyordu. Özellikle de Risâle-i Nûr kitaplarının izâhlarına karşı sık sık:

-"Neden bu kitapları halka anlatmıyorlar, okullara ders kitabı olarak koymuyorlar," diye üzüntülerini ifade ediyordu.

O gece çok şey, ama çok önemli şeyler konuşulmuştu. Neler sormamıştı ki?

Melâikeyi niçin görmüyoruz? Hz. İsa peygamber niçin babasız doğmuştur? Müslüman ülkeler niçin geri kalmış da, Hıristiyan Batı ülkeleri ileri gitmiştir? Din ilme ters düşer mi? Hayat bir yardımlaşma mı, yoksa mücadele mi? Ölen insanın ruhu, bir başka bedenle tekrar gelir mi? Kabir hayatı ve ahiret nasıldır, gibi daha bir çok soru...

Mümkün olduğu ölçüde bu soruların cevapları; başta Risâle-i Nûr eserleri olmak üzere, daha birkaç kaynakta, istifade ederek okumuştuk.

Bu sohbet esnasında Mehmet'in farklı bir yönünü keşfetmiştim. Mehmet soruları, zora sokmak ve karşıyı bunaltmak için değil de, öğrenmek ve bilmek amacıyla soruyordu. Bu ise, çok zevkli ve çok tatlı bir sohbet havası oluşturuyordu. Aldığı cevaptan tatmin olmadığı zaman da, tereddütsüz:

-"Hocam, bu cevap benim için yeterli değil," diyerek, hakperestliğini ortaya koyuyordu.

Sohbetimizin sonunda, Mehmet sehpanın üstünde duran Risâle-i Nûr kitaplarını bir müddet karıştırdı.

Birden bire dönüp:

-"Bu kitapların yazarı devlete isyan etmiş birisi, değil mi?" diye sordu.

Mehmet'in ne demek istediğini anlamıştım.

-"Hayır," dedim. "Birçok insan gibi sen de Said Nursî ile, devlete isyan ettiği söylenen Şeyh Said'i karıştırıyorsun.

"Said Nursî, devlete isyan etmediği gibi, devletin bazı uygulamalarına karşı çıkan Şeyh Said'in bu hareketini önlemek için, çok çalışmıştır.

“Silâh, dışarıdaki düşmanlara karşı kullanılır. İçeride, kardeş kardeşe karşı silâh kullanamaz. Bu hareketinizden vazgeçiniz' diye, ikaz etmiştir.

"Said Nûrsî, vatanın kurtulması için gönüllü bir milis alayının başına geçmiş, Ruslar ve Ermenilerle çarpışmış ve Rusya'ya esir düşmüştür. Esaret dönüşünden sonra, Mustafa Kemal tarafindan Ankara'ya davet edilmiş ve mecliste konuşmalar yapıp, birlik ve beraberlik çağrısına bulunmuştur.

Mehmet üzgün bir ifadeyle:

-"Hocam bir yanlışımı daha gördüm," dedi. "Demek ki biz Şeyh Said'le, Said Nursî'yi birbirine karıştırıyoruz."

-"Evet" dedim başımı sallayarak. "Tarihimizde birbirine karıştırdığımız çok konular var. Umarım ki tarihçiler, bunları birbirinden ayıracaklardır."

Mehmet'in kitaplarla ilgili soruları devam etti.

-"Risâle-i Nûr kitapları genellikle imanî konulardan mı bahsetmektedir?"

Ben de, espriyle karışık:

-"İşte bu soruya cevap vermeyeceğim," dedim.

-"Neden?" diye sorunca da:

"Oku da cevabını kendin bul," diyerek, takılmak istedim.

Mehmet yine de ciddiyetini bozmadan;

-"Peki hocam," dedi. "Gerçekten okuyacağım. Daha şimdiden çok merak ettim."

Okuması için kendisine iki kitap verdim.

Birisi; Bedîüzzaman Said Nûrsî'nin Asây-ı Musa isimli bir kitabı. Öbürü de, içinde bazı bölümlerini okuduğumuz, KENDİNİ ARAYAN ADAM.

-"Bunları okuyun tekrar konuşuruz," dedim.

Mehmet dudaklarında oluşan tatlı bir tebessümle bana dönerek:

-"Hocam, inanmanızı istiyorum ki, hayatımın en tatlı ve en anlamlı gecesini yaşadım. Bu hayatımda özel bir kesit oluşturdu. En azından farklı dünyaların varlığını görebildim. Ve ilk defa, bir aile yuvasının insanı bu kadar rahatlatabildiğini, gizli ve sihirli bir mutluluk oluşturduğunu gözledim."

O hafta sonu, bu ve buna benzer sohbetlerle geçmişti. Her ne kadar Mehmet, kendisi için bu iki günün unutulmaz bir zaman olduğunu ifade etmişse de, aslında benim için daha da unutulmaz bir hafta sonuydu.

Bu vesileyle, bir kere daha şunu çok iyi anlamıştım ki, gençlerin bunalımdan kurtulmaları ve toplumun huzurlu bir hayat yaşaması ve devletin anarşiyle başının derde girmemesi için, okullarda sunulan eğitim yeniden gözden geçirilmeliydi. Problemli bir gence, bir öğrenciye sunulması gereken en önemli eğitim, insanın gayesini anlatmak, ne için yaşadığını öğretmek, bir hesabın olduğunu kavratmaktı. Eğer bu yapılırsa, gençliğin ve toplumun birçok sıkıntısı kendiliğinde hallolacaktı. Çünkü, inançsız, ne için yaşadığını bilmeyen ve bir hesabın varlığına inanmayan bir insanın, kötülük yapmaması ve zarar vermemesi için bir neden yoktu. Kimden korkup, kimden çekinip kendisine çeki düzen verecekti? Yani insanın içindeki oto kontrol sistemi nasıl harekete geçecekti? Bunu Allah korkusu ve yaptıklarının hesabını vereceğine inanmaktan başka ne temin edebilirdi? O gece bu ve benzer konular sürekli kafamı meşgul etmişti.

Hafta sonu misafirim olan Mehmet'le tekrar üniversiteye döndüğümüzde, daha konuşacağımız çok şeylerin olduğunu biliyorduk.

# MEHMET HIZLA DEĞİŞİYORDU

Mehmet'le, hayatımızın doyumsuz sahneleri yaşadığımız, huzur dolu o iklimdeki, uzun, doyurucu ve unutulmazı sohbetin üstünden tam bir hafta geçmişti. İçimde adı koyamadığım, heyecanla karışık, bir ümit vardı. Mehmet'ten yana olumlu gelişmeler ve hatta güzel haberler bekliyordum.

Okulun tekrar başladı ilk bir hafta süresince, dersin dışında Mehmet'le yalınızca birkaç kez karşılaştım. Ama, ayaküstü el sıkışıp, hal hatırını sorduğum Mehmet'de, bazı ayrıntılar derhal kendini belli ediyordu.

Atılgan, girişken, pervasız ve içinden geldiği gibi konuşan Mehmet, durağanlaşmış; sessizleşmiş, sanki kalabalıklar içinde kaybolmak ister gibi, özel bir gayretin içine girmişti. O sert ve delice bakışları yumuşamış, halinde ve duruşunda hissedilir bir sakinlik oluşmuştu.

Doğrusu Mehmet'in bu hâli beni sevindirirken, bir taraftan da bazı endişelere sürüklemişti. Çünkü, güzel ve ümit dolu haberler beklerken, bilinmeyen çetin bir psikolojik havaya bürünmüş olabilme ihtimalinden dolayı da, bir korku içindeydim.

Mehmet tek başına bir evde kaldığı için, onun neler yaptığını, sorma veya bilme şansım yoktu. Kendisini çağırıp, durum hakkında konuşmayı da "erken veya fazlaca üzerine gitme" olarak görüyordum.

O günlerde, bir manava sebze almak için girmiştim. Manav, tanıdık bir dostumdu. Mehmet de manavın kiracısıydı.

Ben tam Mehmet'i soracakken, manav benden önce davranarak:

-"Hocam, şu senin öğrencine ne oldu bu günlerde?" diye sordu.

-"Hayır mı"? diye endişeyle atıldım.

-"Vallahi, bu gence bir şey olmuş, bence... Önceden, oturduğu daire, gürültü ve şamatadan yıkılırdı. Birkaç gündür derin bir sessizliğe büründü. Sabaha kadar da elektriği yanıyor. Herhalde sessiz sedasız bir işler çeviriyor, kerata... İnşallah başımıza kütü bir hal getirmez."

-"Oooohh Ya Rabbi! Çok şükür."

Rahatlamıştım. İnşaallah her şey umduğum gibiydi.Ortada bir şeyler vardı. Bunu ben de hissediyordum. Ama herhangi bir yorum yapmadan ayrıldım. İçime, hissedilir bir rahatlık dolmuştu. Fakat endişelerim de büst bütün bitmiş değildi.Uzak bir ihtimal de olsa, kötü bir sürpriz yapabileceği korkusu, içimi kemirmeye devam ediyordu.

Beni yeniden sık sık ziyaret etmeye başlayınca, daha da rahatladım. Soruları, merakları, kuşkuları ve kafasına katılanları öğrenme isteği, büyük bir azimle sürüyordu. Nedenler, niçinler, nasıllar beyninde büyük bir yumak oluşturmuş, bunları çözmek için bütün gününü seferber ediyordu.Çünkü O'nun için yüzlerce mesele hâlâ bilinmezler arasındaydı.

Mehmet'le ilgili acele ettiğimi anladım. O'nun çok geniş bir âlemi vardı. Ağır ağır, hazmede hazmede gitmeliydi.

Sahip olduğu görüşleri, fikirleri ve felsefesi yılların ürünüydü. Bu köklü düşünceler birkaç haftada değişemezdi.

Verdiğim kitapları okuyor ve her kitaptan sonra da, kafasına takılan soruları ve merak ettiği konuları konuşuyorduk.Belki kendisi bunun farkında değeldi ama, Mehmet hızla değişiyordu.

Mehmet çok zekiydi, konuları çok çabuk kavrıyordu. Gün geçtikçe, davranışlarında, görüşlerinde ve yorumlarında hissedilir bir olgunluk görülmekteydi. Öyle ki, ele alınan meseleleri yalnızca dinleyip geçmiyor, onu hayatına da uygulamaya çalışıyordu. Ayrıca dinlediği olayların püf noktalarını çok rahat yakalayıp, çıkarıp, alıyordu.

Çevresindeki başıboş arkadaş grubunu terk etmişti. Artık kendi âleminde, kendi içindeki fırtınayı dindirmeye, bulanık dünyasını aydınlatmaya, hayatına yeni bir düzen vermeye çalışıyordu.

Düzceli Mehmet'in o dillere destan müthiş mücadelesi, tam sekiz ay sürmüştü. Bu sekiz ay boyunca neler yaşanmadı ki....

Sekiz ay boyunca bazan akıllarımız hayretler içinde kaldı, bazan da gönlümüz ve kalbimiz dayanılmaz hüzünlere boğuldu. Hele o uzun gecelerin, unutulmaz o duygu dolu ve ibretli sahneleri vardı ki, bunu ancak dökülen gözyaşları anlatabilirdi.

# ARTIK ONDAN BİR MÜJDE BEKLİYORDUM

İnceleyen, araştıran, soran ve hazmederek ilerleyen bir yapısı vardı, Mehmet'in. Zaten Mehmet'i Mehmet yapan da buydu.

Okulun iki dönemi boyunca, onlarca kez birlikte olduğumuz ve onlarca kez birlikte sabahladığımız Mehmet' de, artık müjde bekliyordum. Ama bu müjde bir türlü gelmiyordu.Bu beni tam anlamıyla ümitsizliğe itmişti.

Yaz tatili için memleketine dönmeden önce, yine beni bir akşam telefonla aradı.

-"Hocam, yarın bana bir zaman ayırın, sizinle konuşmam lâzım," dedi.

Ses tonundaki gizem dolu dalgalanmalar ve duygu yüklü titreşimler, doğrusu beni de heyecanlandırmıştı.

Kendisiyle odamda buluşacağımız adı iple çektim.O'nun öyle bir kapıdan içeriye girişi vardı ki, işte o an kalbimin ölesiye sıkıştığını hissettim. Ya Rabbi o nasıl bir heyecandı?Sanki büyük bir buluşmaya ve bir hesap anına çıkıyordum.

Karşıma sakinde oturdu. Sanki oturan Mehmet değil de, muammalarla dolu bir alemdi, önümdeki...

Dökülmek üzere olan bir vücutta, adeta binler dil ile konuşan sesiz çığlıklar yükseliyordu. Başı hafif bükük, gözleri dolu dolu ve derin derin aldığı nefes, sanki biraz sonra patlayacak bir volkan gibi....Kucağında ise, sımsıkı sarıldığı, Kur'an tefsiri Lem'alar kitabı...

Şöyle baştan aşağı süzdüm. Ne kadar değişmişti, Allah'ım! O yerinde duramayan, pervasız, açık sözlü, darmadağın Mehmet gitmiş, yerine; olgun, oturaklı, ağırbaşlı ve tam bir beyefendi gelmişti.

İçimden:

-"Ya Rabbi" diyordum, "Bu gence hidayetini esirgeme. Çok kabiliyetli ve çok zeki bir delikanlı. Bu yetenek zayi olup, gitmesin. Eğer iman hakikatleri anlayamazsa, topluma çok zararlı hâle gelecek."

Bir ara göz göze geldik, Mehmet'le... İç dünyasında kopan fırtına yüzüne aksetmişti. Simasına yayılan masumca ifadeler, öylesine duygu yüklü bir atmosfer oluşturmuştu ki, sanki her an patlayacak o gizemli kasırganın habercisiydi. Göz parıltılarında oynaşan bulutlara daha fazla dayanamadım, bakışlarımı çekip aldım, Mehmet'den taraf.... Yoksa o buğulu, hüzünlü ve etkileyici duruşun karşısında daha fazla dayanamayabilirdim.

-"Hocam," dedi, titrek ve ağlamaklı bir ses tonuyla. "Bugün namaza başladım.Ama bu öyle bir namazdı ki, seccademin başında saatlerce ağladım, bir türlü kopamadım. Beni bilemediğim gizli bir kuvvet kendine çekti. O doyumsuz alemde saatlerin nasıl geçtiğini anlayamadım. Sabaha kadar, ilk kez baş koyduğum Rabbimin önünde, ağlamaktan kendini kaybettim.Meğerki beynimi savaş alanına çeviren sıkıntıların ve ruhumda bir türlü dinmeyen acının, mutsuzluğun tek ilacı, Yüce Allah'a yönelmek ve O'ndan af dilemekmiş.

Niçin hocam, niçin biz bunları bugüne kadar keşfedemedik? Niçin bu hakikatler bize böylesine anlatılmadı? Neden öğretmenlerimiz bu manevi iklimin, bu bitmez hazzından ve huzurundan bahsetmediler?

Yazık, bomboş geçen gençliğime yazık, çok çok yazık."

Karşımda iki büklüm oturan Mehmet, hem kendinden geçercesine anlatıyor, hem de o bulutlu gözlerinden yaşlar boşalıyordu. Bütün dünyamı alt-üst eden bu dayanılmaz manzara karşısında, yüreğim yerinden oynadı ve bu duygu fırtınası gelip boğazıma kitlendi.Bir çocuk gibi kendimi bırakıp, ağlamamak için dişlerim öylesine dudaklarına oturtmuştum ki, ama yine de kendimi frenleyemedim. Çünkü bir şimşek hızıyla ta hücrelerime kadar ulaşan bu heyecan dalgası, direncimi bir anda bitirmişti.

-"Hocam bu namaz, ne tatlı, ne kadar ulu, ne kadar haz veren bir ibadettir. Allah ile karşı karşıya olmak, ona istekleri bizzat takdim etmek, hâlini arz etmek, yalvarmak, af dilemek insanı ne kadar rahatlatıyor. Ve ne kadar huzura kavuşturuyor.

"Artık Allah'ıma söz verdim. Bundan sonra ona lâyık kul olacağım.Yaşadığım müddetçe bu kafaya ve bu kalbe, O'dan başka kimse giremeyecek. Ama gelin görün ki, ben bu kadar günahlarla ne yapacağım, nasıl başa çıkacağım?Benim öylesine affolunmaz hatalarım ve kusurların var ki, acaba Allah bunları affeder mi?"

Son cümleyi zor tamamlamıştı. Sellere dönen gözyaşlarıyla ağlıyordu, sarsıla sarsıla... Hem de ne ağlamak Allah'ım!Bu yalınızca bir ağıt, bir feryat değildi. Bu inanılmaz bir teslimiyetin ve hayranlık uyandıran bir imanın bir türlü dineceğe benzemeyen bir coşkusuydu.

Haydi dayan bu sahneye...Dayan haydi, bu masumane gencin gözyaşlarına...Dayan nasıl dayanacaksan şu hidayet ateşine... Ve kalpleri iman közünde pişiren, günahları silip, süpüren bu ilahi nura...

Her fırsatta, her yerde imansızlığını büyük bir gururla ilan eden; hayatı, hayvan gibi yaşanan bir yer olarak gören, belalı ve darmadağın bir delikanlının; masum bir çocuk gibi feryatlar içinde adeta tutuşup yanışı, beni de benden almıştı. Artık ne kendimi, ne de Mehmet'i kontrol edecek bir metanetim kalmıştı.

Sen ne büyüksün Allah'ım? Sen hidayet nasip edince, kimler önünde diz çökmüyor ki? Kimler secdeye kapanıp af dilemiyor ki?

Mevla'm! Bu hidayet ateşinde yanmak için sıra bekleyin kullarına da, bu kapıyı çabuk arala, n'olur? Bunların sayısını artır... Eğer kalplere bu hidayet ateşi düşmezse, toplumun hali ne olur Allah'ım!

Kim derdi ki Düzceli Mehmet, o dillere destan boş vermişliğini bırakıp, namaza başlayacak, Allah'a tam kul olmak için söz verecek ve gözyaşı dökecek...

Karşımda hıçkırıklara boğulan Mehmet'i teselli etmeye çalıştım. Ama ne mümkün Mehmet'i teselli etmek....

-"Hocam bırak ne olursun.Doya doya ağlamak istiyorum. Rabbim için,O'nun huzurunda gözyaşı dökmek istiyorum. İçimi yakıyor Yüce Rabbimin ateşi... Ben böyle bir sevgi, böyle bir aşk ve böyle bir yürek ateşi görmedim. Engelleme ne olur hocam beni...Ben affedilmez günahları olan bir kulum.Bugüne kadar ağzımda, küfür ve isyandan başka, güzel bir söz çıkmadı. Hiç değilse Yüce Mevla'm için akan şu gözyaşlarım yıkasın, o geçmiş hayatımın pisliğini ve günahını...

Tabi ki yalnız o değildi, kendinden geçen ve yalnız o değildi, teselliye muhtaç olan...

Öğretmen ve öğrencisi....

Sellere dönen gözyaşlarıyla iki günahkar insan.... Allah'ın ne olur, bu iki kulunu da rahmet kapına kabul et. Ne olur Allahım! Bütün öğretmen ve öğrencilerini de... Ve bütün kullarını da... Ne olur? Sendeki rahmet ve hidayet, bütün yarattığın kullarını yeter.Bunu bizden esirgeme ne olur?

Kendimi toparlamak ve Mehmet'i teselli etmek için ne kadar çırpındım, bilmiyorum. Zoraki de olsa, Cenab-ı Hakkın ne kadar mağfiret sahibi olduğunu, kullarını affetmeyi ne kadar sevdiğini ifade ettim, Mehmet'e.... Kendisini kucakladım, öptüm... Ve O'nu içimin kor gibi yanan ateşiyle tebrik ettim.

Düzceli Mehmet'in ilk hâlini bilenler, değiştiğine bir türlü inanmıyorlardı.

-"O yine rol yapıyor," deyip geçiyorlardı.

Evet o bir rol yapıyordu. Ama bu sefer gerçek bir kulluk rolüydü. Bu rolü öylesine benimsemişti ki, sanki bütün zerrelerine sindirmişti. Bu rol Düzceli Mehmet'e çok yakışıyordu.

Mehmet Düzce'ye, ailesine kavuşunca, anne ve babası bayram etmişlerdi.

Mehmet'in ailesi, bir Bulgar göçmeniydi. Bulgaristan'ın, Müslüman Türklerin dillerini ve dinlerini değiştirmeleri için dayanılmaz baskılar yaptığı 1989 yılında, merhum Turgut Özal'ın girişimleriyle Türkiye'ye gelen binlerce aileden birisiydi. Ailenin reisi Salih Amca ve eşi Bayse Teyze çocuklarını alarak, Türk sınırına çok yakın, küçük bir yerleşim yeri olan Kırcaali'den Türkiye'ye sığınmışlardı.

Mehmet, 1978 yılında Kırcaali'de doğmuş, Türkiye'ye geldiği zaman on bir yaşındaydı. Aile, bir müddet Çorlu ve

İstanbul'da kalarak bal ticareti ile uğraşmışlar ve bu ticarette başarılı olup, orta hâlin üzerinde bir ekonomik seviyeye gelmişlerdi. 1996 yılından beri de, yazları Düzce'de, kışları da Çorlu'da yaşamaya başlamışlardı. Çok çalışkan ve çok misafirperver bir aileydi.

Babası Salih Amca, Mehmet'le ilgili ailenin duyduğu mutluluğu, bana uzun bir mektup yazarak anlatmıştı. Sevinç, huzur ve gözyaşı dolu bu mektupta şöyle diyordu:

"Mehmet'i yola getirmek için neler yapmadık ki... Bu çocukla ne maceralar yaşadık. Onun yüzünden, ne kendisinin, ne de bizim başımız belâdan kurtulmamıştı.

"Mehmet'in namaza başladığını ve güzel bir dönüş yaptığını görünce inanamadık. Bizlere şaka yapıyor zannettik. Şaka değil de, doğru olduğunu anlayınca, annesiyle birlikte ne kadar sevindik anlatamam. Dünyalar bizim oldu. İnanın günlerce sevinç gözyaşları döktük. Büyük Allah bizlere bugünleri de gösterdi.

"Şimdi evimize huzur geldi, mutluluk geldi. Namazları bütün hane halkı cemaatle kılıyoruz. Kendisi gece tehheccüt namazına kalkıyor, bol bol Kur'an tefsiri okuyor. Her akşam bizleri toplayıp, Risale-i Nûr'dan sohbet yapıyor. Büyük Allah bu huzurumuzu daim etsin."

Babasının mutluluğu, heyecanı ve gözyaşları, âdeta içime akarak, beni çok duygulandırmıştı. Mehmet'in bu iman yolunda daim ve muvaffak olması için, Yüce Rabbime dualar ettim.

Bu duygunun ne kadar yüce bir güzellik olduğunu, ancak öğretmen olanlar bilir. Bir öğretmen, topluma zararlı hale gelen öğrencisini duyduğunda ne kadar üzülürse, onun başarıları karşısında da o kadar sevinecektir.Çünkü, bir öğretmen için bütün öğrencileri, O'nun manevi çocuklarıdır. Bunu ancak yaşayanlar bilir.

İşte Mehmet' de benim için öyleydi. Bu hidayet nuruna, en az babası kadar ben de sevinmiştim. Ve hatta sevinmek ne kelime, sabahlara kadar sevincimden uyuyamamıştım, şükür secdelerine kapanmıştım.

## MEHMET'İN GEÇİRDİĞİ KAZA VE ESRARENGİZ BİR MİSAFİR

Gençliğini, günahlar dolu bir hayatın elinden kurtararak, sevgililer sevgilisine gönlünü açan Mehmet, akılları hayrete düşüren çok ibretli olaylarla yüz yüze kalacağından habersiz, Düzce'ye gitmişti, ailesiyle görüşmek için... Yaz tatilinin bir kısmını Düzce'de geçirecekti. Ancak, O'nu öyle bir sürprizler bekliyordu ki, gerçekten dayanmak mümkün değildi.

Mehmet, Düzce'den Ankara'ya gelirken, Ankara yakınlarında bir kaza geçiriyor. Otobüsteki yolculardan bir kısmı ölüyor, büyük bir kısmı da yaralanıyor. Yaralılar arasında Mehmet de var. O'da ağır yaralı bir şekilde, Ankara Numûne Hastanesi'ne getiriliyor.

İşte, Mehmet'in hayatında bir dönüm noktası olan o "ibretli hadise", bu hastanede cereyan ediyor.

Gerçekten çok ibretli, çok anlamlı, insanı hayretler içinde bırakan ve adeta akılları baştan alan bir hadise....

Mehmet, hastanede, on gün komada kalıyor. Daha sonra da şuuru açılıp kendine geliyor. Ama gözlerini açamıyor, konuşamıyor. Kafasından aldığı darbe gözlerini kör ediyor ve konuşma yeteneğini silip, götürüyor. Yani Mehmet, gözsüz ve dilsiz olarak dünyaya yeniden geliyor. Bu, kaldırılması çok zor bir imtihandır, Mehmet için... Özellikle de bu durum karşısında, etrafındakiler kahroluyor, kendi kendilerini yiyip bitiriyorlar. Bu genç yaşta bir insanın kör olması ve üstelik bir de konuşamaması, dayanılabilir bir durum değil, hiç şüphesiz. Bunu hayal etmek bile insanı ürpertiyor ve adeta çıldırtıyor.

Ama Mehmet'in zihni açık olduğu için, bu durumu kendisine asla dert etmiyor. Sürekli olarak, işaretlerle çevresindekileri teselli etmeye çalışıyor.

Her şeyi veren, gören ve düşünen Yüce Allah'a karşı büyük bir şükür ve teslimiyet içinde bulunuyor. Çünkü veren de o, alan da... Sağlığı da o veriyor, hastalığı da... Her verdiği bir şeyde, mutlaka büyük bir hikmet ve büyük bir hayır vardır. Sabırla sonunu beklemek gerekiyor.

Mehmet, şuuru açık, ama gözleri kapalı bir şekilde, sürekli olarak Allah'a dualar ediyor, yalvarıyor, af diliyor ve şükrediyor. Özellikle de, Cevşen'den ezberlediği yerleri ve Risalelerde aklından kalan parçaları sürekli okuyup, Yüceler Yücesi'ne gönderiyor. Alemlerin Rabbi kendisine el açıp, yürekten, içten ve bütün duygularıyla yalvaran, feryat ve figan içinde gözyaşları döken bir kulunu hiç yalnız bırakır mı? Ona rahmet kapılarını kapatır mı? O'nun elinden tutmaz mı? O'na sahip çıkmaz mı?

Mehmet yine o gece Rabbi'yle baş başa kalıyor.Yine O'nun başı secde yaptığı yastığında, yine elleri rahmet iklimine uzanmış, yine içini yakan ateşle göz pınarları coşmuş bir vaziyette....

"Allah'ım ben çok günahkarım... Beni affet demeye dilim varmıyor, yüzüm kızarıyor. Ama çok çaresizim ben. Çünkü başka çalacak kapım yoktur... Senden başka beni affedecek kimsem de... İsmimi aldığım O Yüce İnsan hürmetine... Rabbim ne olursun beni affet. Çünkü sen Mehmet'leri, çünkü sen yarattığın kullarını kapından kovamayacak kadar şefkatli ve merhametlisin. Eğer sen kabul etmezsen, bu senin şanına yakışmaz..

Mehmet kulun çok günah işledi.O'nu öğretmenleri, arkadaşları kandırdılar.O'nun dünyasını karartılar. O'nu günahlar içinde boğdular. Ama O, bütün bunlara pişman oldu. İçinde Allah aşkıyla, O'nun sevdasıyla, tutuşup yanan yüreğiyle kapında geldi. Gözsüz, dilsiz ve yaralı kalbiyle senden rahmet dileniyor. Ne olur affet bu kulunu. Yoksa, O'hayatının son anına kadar feryat, figan içinde pişmanlık yaşı dökmeye devam edecektir.

Bu müthiş yalvarışa Alemlerin Rabbi karşılık veriyor. Ve çok sürmeden zihinleri allak-bullak eden o müthiş sahne çıkıyor, karşısına... Hem de o gece...

Yani, bir Cuma gecesi...

O gece yine çok geç bir vakitte, büyük bir tefekkür ve hamd içinde uzanıyor, mescide çevirdiği yatağına... Allah'ın affını ve rahmetini, kul olmanın acziyetini, imanın erişilmez hazzını ve büyük hesap gününü çıkaramıyor bir türlü aklından... Adeta kendini manevi iklimlere bırakıyor, gizemli deryaların büyülü sahnelerine dalıyor. Öyle bir âlemde, öyle müthiş hislerle dolu ve öyle bir samimiyetle görmeyen gözlerini kapatıp kendinden geçiyor ki, işte o tarifsiz sırlar da o an başlıyor, birbiri arkasında...

Odasında, gecenin o vaktinde, şefkatli bir annenin kollarını andıran, doyumsuz bir atmosferin içinde.... Ve o an... Bütün duygularının şaha kalktığı....Kalbinin ölesiye vurduğu... Bir anda kendini hiç tanımadığı esrarengiz bir alemde hissettiği an... Tek hatırladığı aklında hiç çıkmayan bir soru; Rabbim beni affeder misin?

O an...

Gecenin o vaktinde, sessizliğin bütün odalara ve koridorlara yayıldığı bir anda, kapı açılıp üzerinde doktor gömleği olan nuranî ve parlak birisi giriyor. Maddi gözü kapalı olan Mehmet, bunu manevi gözüyle görüyor, kalbiyle hissediyor.

-"Toparlan," diyor, emredercesine... "Şimdi odaya çok mühim bir misafir gelecek. Seninle görüşecek. Toparlan da onu karşıla."

Mehmet, yattığı yerde heyecanla toparlanıyor.

Aradan çok geçmeden, kapı yeniden açılıyor. İçeriye beklenen misafir geliyor. Sarıklı, cübbeli ve çok ciddi bir zat...

Gelen misafir, Mehmet'in yanına oturup, ellerini tutuyor ve başını şefkatle okşuyor.

-"Kardeşim, seni tebrik ederim," diyor. "Bu kaza senin günahlarına keffaret oldu. Allah bir şeyi murat ederse, onda mutlaka bir hayır vardır. Sen ölümden döndün. Beni sana Resûlullah Efendimiz (a.s.m.) gönderdi. Ben seni talebeliğime kabul ettim. Korkma daha ömrün var. Ama, çok kısadır. Senin samimiyetin ve halisiyetin, Peygamber Efendimizin (a.s.m.) şefaatini celbetti.

"Sana söyleyeceklerimi dinle, unutma. Rabbimin rahmetinden ümit kesilmez. Bunları yaparsan, inşallah kurtulursun. Ümitsizliğe düşme, Yüce Allah'a teslim ol. Orası umut ve çare kapısıdır."

Mehmet, müthiş bir fırtınanın ortasına düşmüş gibi, kendini kaybetmiş o an... Duydukları karşısında aklı ve kalbi paramparça ve tam anlamıyla şoka girmiş. Heyecandan terler boşalmış ve sırılsıklam olmuştur, saniyeler içinde...

Bu çok ciddi zatın, çok ciddi sözlerini dinleyen Mehmet, dayanamayıp heyecanla sormuş:

-"Efendim siz kimsiniz?"

-"Ben Bedîüzzaman Said Nursî'yim. Yanımdaki zat da benim talebem Zübeyir'dir. Seni de talebeliğime kabul ettim."

Mehmet telâşla atılmış:

-"Efendim," demiş. "Ben sizin eserleriniz sayesinde kurtuldum. Bana yardım edin. Madem ömrüm az, bu ömrü nasıl değerlendireyim?" diye sormuş, büyük bir telaş içinde... Ve şu cevabı almış:

-"Kaza namazlarını ve kaza oruçlarını bitir.

İbadetleri aksatma...

Her gün bir cüz Kur'an ve Cevşen oku...

Günde en az 50 sayfa da Risale-i Nur oku. Eğer Kur'an tefsiri Risale-i Nurları okursan, Âdem Peygamberden kıyamete kadar meydana gelen makbul zatların manevi şirketlerine dahil olursun ve onların hasenatlardan hisse alırsın.

Haydi Allah'a emanet ol!"

O an kapı örtülmüş... Bir sır gibi gelip, bir sır gibi giden zatların arkasına yetişmek için Mehmet, can havliyle fırlamış ama ne yazık ki kendini yerde bulmuş...

Mehmet bu heyecan, bu lütuf ve ikram karşısında başını adeta ürpermiş, büyülenmiş ve başını secdede kaldırmamış, sabahlara kadar gözyaşları içinde, Allah'a şükretmiş...

Bu hadiseyi, Mehmet hastaneden çıkınca dinlemiştim. Bu olayı anlatırken, hem kendisinin göz pınarları coşmuştu, hem de beni ağlatmıştı.

Çok ibretli bir hadiseydi...

# DÜZCELİ MEHMET BAMBAŞKA BİR İNSAN OLMUŞTU

Düzceli Mehmet'in kaza geçirmesi, onun hayatını değiştirmişti. Sanki, o yerinde duramayan, atik, girişken, yırtıcı ve pervasız Mehmet gitmiş, yerine bambaşka bir Mehmet gelmişti. Âdeta dünyadan kopmuş, bir melek hayatı yaşamaya başlamıştı.

Bütün günü, Allah'a ibadet etmekle, tövbe ve istiğfarla geçiyordu. Mehmet'in eski hayatını bilenler, buna inanamıyordu.

Sîmâsı, bakışları, hareketi, konuşması ve her hâli insana ders veriyordu. Sanki, her şeyiyle, yakında gideceği ölüme hazırlanıyordu.

Çevresindeki insanlardan sıkılıyor ve onların ölçüsüz başıboş davranışlarından rahatsız oluyordu. Hayata ve hadiselere bakış şekli öylesine değişmişti ki, Allah'a ve dine ters olan bir fikir, bir görüş ve bir davranış onu son derece sıkıp, rahatsızlık veriyordu. Çünkü, Mehmet bazı gerçeklere inanmakla kalmıyor, âdeta onları yudum yudum içip, hayatına hayat yapıyordu. Zaten O'dan başka türlü davranması da beklenemezdi.

O yaz kendisini davet ettim. Bir müddet beraber olduk.

Mehmet gerçekten erişilmez, tertemiz ve pırıl pırıl bir hayata kavuşmuştu. Bütün gününü Allah ve ahiret için plânlamıştı. Zaman zaman kendisini frenlemek istediğim zaman:

-"Hocam, beni engellemeyin n'olur" diyordu. Ben daha fazlasını yapmalıyım. Benim günahlarım çok. Bunun için durmamam, yatmamam ve uyumamam lâzımdır. Yoksa ebedî hayat tehlikeye girecek. Bu imtihanda dostluklar kabir kapısına kadardır. Münker ve Nekir meleklerine hesabını ben vereceğim. Başkasının dostluğu ve arkadaşlığı orada geçersizdir. Öyleyse ben nasıl durabilirim? Beni kurtaracak olan, yine benim ibadetlerim olacaktır.

"Cenneti kazanmak, ebedî bir huzura ve mutluluğa ermek çok heyecanlandırıyor, beni... Ama asıl heyecanlandıran şey, uğruna milyarlarca hayatımı feda etmeye hazır olduğum Peygamberimize (a.s.m.) kavuşmaktır. Ve yine, benim gerçek bir dönüş yapmama ve iman hakikatlerine erişmeme vesile olan Risale-i Nûr eserlerinin müellifi Bedîüzzaman Said Nursî Hazretlerini görmek, onun ellerini öpmek, tarifsiz bir haz veriyor. Bu mübarek insanlar olmadan Cennet bile insanı doyurmuyor sanki..."

Müthiş bir sırra ermişti. Sanki önünde imtihan perdeleri kalkmış, bilerek ve hissederek konuşuyordu.

Düzceli Mehmet'in "ölüm"le ilgili şu tespitleri, kendisinin manen geldiği noktayı çok iyi özetlemekteydi:

-"Hocam ben, önceleri ölümden, cenazeden, mezardan, salâdan ve ölümü hatırlatacak her şeyden çok korkardım. Ölümden korktuğum için, Allah, Peygamber, Kur'an ve ahiret gibi hususları (hâşâ) inkâr ederek kurtulmak isterdim. Sanki inanmamakla, ölümün ve ahirete dair sorumluluğun yakamı bırakacağını zannederdim.

"Gece yatınca en çok rahatsız olduğum şey, karanlıktı. Karanlık bana ölümü ve mezarı hatırlatırdı.

"Hayata boş vermekle, düzensiz, kuralsız yaşamakla ve inanmamakla, sanki kendimin dünyadaki varlığını da inkâr edip, unutulmak ve bu ölüm hesabına dahil olmamak isterdim. Bu bir anlamda, kulluktan kaçıştı. Yani Allah'a ve ahirete inanmamak ölmeye mâniymiş gibi geliyordu. Halbuki inanmamanın ölmeye değil, Cennete girmeye mâni olduğunu sonra anladım.

"Allah'a şükür, artık ölmeden önce, ölümü sevmeye başladım. Ölüm, ecel, mezar ve ahiret; dostlarıma, sevdiklerime ve ebedî rahata, huzura kavuşmak için bir menzil, bir vesile, bir bilet imiş. İnsanın en sevdiği dostuna kavuşturacak ölümden kaçılır mı? Ölüm beni Allah'a, Peygambere ve nice muhterem insanlara kavuşturacak. Bunun için ölümü çok seviyorum ve asla korkmuyorum.

"Risale-i Nur kitaplarından ÖLÜM'le ilgili şu tespitleri okuyunca, ÖLÜM'e karşı bakışım değişti. Âdeta ölümü sevmeye başladım. Ölümle ilgili ezberlediğim metinler bir ilaç gibi bana şifa veriyor:

-"Ey biçareler, mezaristana göçtüğünüz zaman, 'Eyvah! Malımız harap olup, sa'yimiz (çalışmamız) hebâ oldu; şu güzel ve geniş dünyada gidip, dar bir toprağa girdik' demeyiniz, feryat edip me'yus olmayınız... Çünkü sizin her şeyiniz muhafaza ediliyor. Her ameliniz yazılmıştır. Her hizmetiniz kaydedilmiştir. Hizmetinizin mükâfatını verecek ve her hayır elinde ve her hayrı yapabilecek bir Zât-ı Zülcelâl, sizi celp edip, yer altında (mezarda) muvakkaten (geçici olarak) durdurur. Sonra huzuruna aldırır. Ne mutlu sizlere ki, hizmetinizi ve vazifenizi bitirdiniz. Zahmetiniz bitti; rahata ve rahmete gidiyorsunuz. Hizmet, meşakkat bitti; ücret almağa gidiyorsunuz." (Mektûbat)

"Ey insan! Yaptığın hizmet, ettiğin ubûdiyet (kulluk) boşuna gitmez... Senin şu fani dünyaya bedel, bâkî bir Cennet seni bekler. İbadet ettiğin ve tanıdığın Hâlik-ı Zülcelâl'in va'dine iman ve itimat et." (Mektûbat)

"Ey insan! (ölünce) fenaya, ademe, hiçliğe, zulümata (sonsuz karanlığa), nisyana, çürümeye, dağılmaya ve kesrette boğulmaya gittiğinizi tevehhüm edip, düşünmeyiniz. Sizi fenaya (fani olmaya) değil, bekaya (daimî yaşamaya) gidiyorsunuz. Ademe (yok olmaya) değil, vücud-u dâimiye (daimi varlığa) sevk olunuyorsunuz. Zulümata (karanlığa) değil, âlem-i nûra (nur âlemine) giriyorsunuz... Firaka (ayrılığa) değil, visâle (kavuşmaya) müteveccihsiniz (yönelmişsiniz)." (Mektûbat)

"Ölümle ilgili şu son tespitler de beni çok rahatlatmıştı.

-"Ölüm, idam değil, firak (ayrılık) değil, belki hayat-ı ebediye (ebedî hayat) mukaddimesi, mebdeidir (başlangıcıdır). Ve vazife-i hayat külfetinden bir paydostur, bir terhistir, bir tebdil-i mekândır (mekân değiştirmedir). Berzah âlemine göçmüş taife-i ahbaba (ahbaplar kafilesine) kavuşmaktır." (Mektûbat)

İşte, hakikî iman, mükemmel iman, görerek, okuyarak, hissederek ve anlayarak iman bu olsa gerek...

Mehmet bu imanın ve bu inancın heyecanıyla öyle bir âleme girmişti ki, kendisine gıptayla baktığımızın farkında değildi. Başka bir ifadeyle, imrenilecek bir manevî makamı vardı. Bunu, gördüğü rüyaları anlatınca anlamıştım.

Öyle rüyalar görüyor, öyle şeyler hissediyor ve imanın öylesine hazzını ve huzurunu yaşıyordu ki, çevresindeki basit olayları ve dünya hayatını görmüyordu, artık...

Önceleri talebemiz olan Mehmet'i, artık bir talebem olarak değil, onun tespitlerini ve sohbetini dinlemekten büyük zevk aldığım, yetişkin ve olgun bir insan olarak görüyordum. Şimdi o bizim talebemiz değil, biz onun talebesi hükmüne geçmiştik.

Uzun saçlı, boynu ve kolları aksesuarlarla dolu, garip bir elbise, anormal denecek kadar dikkat çeken davranışlar, kuralsız kişiliği ve ateist görüşleriyle ün yapan Mehmet; oturuşuyla, kalkışıyla, konuşmasıyla, fevkalâde önemli ve etkili tespitleri ve fikirleriyle çevresindekilere dersler veriyordu.

# DİN ADINA KATLİAM YAPILIR MI?

Bunlardan birisi şöyle cereyan etmişti:

Mehmet, ben ve bir grup misafirimle birlikte çay içiyorduk.

Konuştuğumuz konuyla ilgili olarak misafirlerimizden birisi şöyle bir soru sormuştu:

- "Peki din ve dînî duygular insanı son derece olgunlaştırıp, mükemmel bir insan hâline getiriyorsa, din adına birçok katliam yapıp, terör estiren İslâmcı teröristlere ne demeli?"

Misafirimiz, çok önemli bir konu getirmişti, gündeme... Bu ve buna benzer birçok soru, günümüzdeki insanların aklını kurcalamaktaydı.

İslâm ile terörün, din ile katliamın ne ilgisi olabilirdi?

- "Ortada son derece yanlış anlatılan veya yanlış anlaşılan bir husus var" dedi Mehmet, benden izin alarak.

"Bunu ben iki açıdan ele almak isterim:

"Birincisi: Kur'ân'ın bütün ayetleri ve Peygamberimizin (a.s.m.) bütün hadisleri incelendiğinde, insanı öldürmenin ve insana zarar vermenin en büyük günahlardan birisi olduğu görülecektir.

"Bir insan İslâm'ın emirlerini ne kadar okuyup uygularsa; o kadar dini bütün, olgun davranışlı, hak ve hukuka riayet eden, insanların kötüsü bile olsa ona zarar vermeyip, onu kurtarmaya çalışan bir anlayışa kavuşur.

"O zaman gerçek bir Müslüman asla terörist olamaz ve bir cana kıyamaz. Bunun Allah indinde çok ağır bir suç olduğunu bilir.

"Eğer bir insan din adına bir suç işleyip, bir insan öldürüyorsa, ya onun gerçekten bir Müslüman olmadığı veya İslâm'ın emirlerinden hiç etkilenmediği anlaşılır.

"İkincisi: Devlet, yüzde yüze yaklaşan bir oranda Müslüman olan vatandaşının, dinî eğitimini düzenli ve sistemli olarak karşılamalıdır.

"Eğer devlet vatandaşının dinî eğitimini karşılamazsa veya göz ardı ederse, o boşluğu dolduran ehliyetsiz kişi veya kişiler çıkacaktır. Veya devlete şu veya bu şekilde zarar vermek isteyen kişi veya gruplar, devletin dine olan soğukluk ve uzaklığını istismar etme yoluna gidecektir. Devlet buna asla fırsat vermemelidir.

"Düşünün ki, bu memlekette tıp fakülteleri kapatılsa ve doktor devlet eliyle yetiştirilmezse, bu boşluğu dolduran birçok ehliyetsiz insanlar çıkıp, insanların malını ve canını istismar edeceklerdir. Bunun çaresi ve bu istismarcı insanları ortadan kaldırmanın yolu, tıp fakültelerini açıp, doktoru bilimsel metotlarla yetiştirmektir.

"Dinî eğitim konusu da böyledir. Vatandaş dinini hem öğrenmek, hem de çocuğuna öğretmek isteyecektir. Bu istek, okullar yoluyla düzenli ve sürekli şekilde yapılmazsa, ehliyetli kimselere bu yaptırılmazsa, bu konuyla ilgili istekler karşılanmazsa, bu boşluğu dolduran art niyetli insanlar kendini gösterecektir.

"Konuyu özetlersek, bir Müslüman asla din adına bir

adam öldürmez, eğer öldürüyorsa, ben müslümanım diyemez.

"Devlet Müslüman vatandaşının dinî eğitimini başkalarına bırakmamalı, kendisi karşılamalıdır. O zaman bu tür istismarların önü büyük ölçüde alınacaktır. Bunu yaparken de, asrın hastalığını çok iyi teşhis eden ve çok etkili çareler sunan Risale-i Nûr kitaplarının sunduğu hakikatlere de dikkat etmelidir. Çünkü Risale-i Nûr kitapları bu zamanın manevî problemlerine çözüm sunan bir Kur'an tefsiridir. Benim ve benim gibi binlerce zararlı gençler bu hakikatler sayesinde vatanına faydalı bir vatandaş hâline gelmişlerdir."

Mehmet, bu kısa açıklamalardan sonra, konuyu bana bırakmayıp da kendisi izah etmenin biraz mahcupluğu içinde:

-"Ne dersiniz hocam," diye fikrimi sorma ihtiyacı hissetti.

Ben de:

-"Aynen öyle... Tespitlerine katılıyorum. Çok güzel özetlediniz" dedim.

Mehmet'in soruya verdiği cevap ve Risale-i Nûr kitaplarıyla ilgili tespitleri son derece çarpıcıydı. Olayların içinde yaşamış, farklı görüşleri ve farklı açıları yakalamış bir insanın tespitleri de isabetli ve doyurucu oluyordu. Çünkü "Yaşayan bilir, bilen konuşur" kaidesince, Mehmet gördüğünü, hissettiğini ve yaşadığını anlatıyordu.

Mehmet'le olan kısa beraberliğimde, ona yakın olmanın ve onun dostluğunu kazanmanın büyük bir hazzını yaşamıştık.

Giderken bana bir şiir vermişti.

"Hocam, bunu gittikten sonra oku," demişti. Ben de öyle yaptım.

# HOCAM

*Gönlünden koparıp, ayırma beni,*
*Ben sensiz olamam, bilesin hocam.*
*Dört gözle beklerdim, sabah gelmeni,*
*Hep mesut olasın, gülesin hocam...*

*Seninle buldum, hazzı, huzuru,*
*Sensiz hayat ölü, çirkin, kupkuru,*
*Kalbimin gıdası, aklımın nûru,*
*Sen bir kucaksın, yuvasın hocam.*

*Kalbime sevgiden bir tohum attın.*
*Ruhuma imandan bir maya kattın.*
*Beni kurtarmak için, çok plân yaptın.*
*Sevabı Allah'tan, alasın hocam...*

*Gayesiz, başıboş hayatım vardı.*
*Ruhumda firtına, dünya da dardı.*
*Babam çok üzülür, anam ağlardı.*
*Beni kurtardın, bilesin hocam...*

*Adam olmazları sen adam ettin.*
*Her derde koştun, her şeye yettin.*
*Hayatını, bu uğurda tükettin.*
*İnşaallah Cennetlik olasın hocam.*

Bu güzel şiiri kendim için değil, belki de binlerce, yüz binlerce insanın manevî hocası olan Kur'an tefsiri Risale-i Nûr Külliyatı adına almıştım. Çünkü, Mehmet'in hakikatlerle buluşmasına ve müthiş bir dönüş yapmasına bu eserler vesile olmuştu. Hal böyle olunca da, tabiî ki o şiirdeki "Hoca" da ben değildim. O "Hoca" iman hakikatleriydi.

# MEHMET'İN BİR GÜNLÜK PROGRAMI

Trafik kazası Mehmet'in hayatında çok derin, çok önemli ve çok ibretli izler bırakmıştı. Âdeta, bütün hayatını yeniden yorumlamasına, yeniden plânlamasına ve yeni bir bakış açısıyla yeniden tanzim etmesine vesile olmuştu. Öyle tahmin ediyorum ki, hastanede gördüğü o ibretli olayın hepsi, bana anlattığı kadar değildi. Bana anlatmadığı ve kendisinde bir sır olarak kalan çok önemli konular ve çok çarpıcı hususlar vardı.

Birlikte olduğum günlerde bir günlük programı dikkatimi çekmişti. Benim gözleyebildiğim kadarıyla bir günlük programında şunlar vardı:

1- Günde dört saat uyku.

2- Her gün kaza namazları ve haftada 5 gün kaza orucu

3- Günde iki vakit yemek

4- Her gün bir cüz (20 sayfa) Kur'an-ı Kerim okuma.

5- İki günde bir, Büyük Cevşen'i hatim etme.

6- Günde yüz sayfa Kur'an tefsiri (Risâle-i Nûr) okuma ve fıkıh bilgileri dersi.

Bir çok insanın kıldıramayacağı ağır bir programdı, bu... Sanki, ölüme, ahirete acelesi varmış gibi bütün zamanını kulluk ve yapamadığı ibadetlere ayırmıştı, Mehmet... Belki de O, bu aceleyi çok iyi görmüş ve hissetmişti. Aslında her insanın ölüme ve ahirete acelesi vardır. Çünkü, her an karşılaşma ihtimali olan ölüm ve ecelle iç içe yaşanmaktadır. Mehmet ise bunu çok iyi anlamıştı.

Mehmet'le temaslarımız sürüyordu. Sık sık telefonlaşarak, birbirimizden haberdar oluyorduk. Bu telefonlarla Mehmet kendine has ulvî ve temiz duygularını ifade eder, sanki bana kulluk görevlerimle ilgili dersler verirdi. Özellikle de Cuma günleri, Cuma namazından önce beni arayıp, Cuma'mı tebrik etmeyi ve çok samimî dileklerde bulunmayı bir âdet hâline getirmişti.

Mehmet'le telefonlaşırken onun ifadesinden, ses tonundan, nezaketinden ve hitap şeklinden sonsuz haz alırdım. Hani bazı konuşma üslûpları insanı rahatlatır ve derin bir huzur verir ya, işte Mehmet'in de öyle bir konuşma tarzı vardı.

# MEHMET'İN DEPREM GÜNÜ, CUMA NAMAZINDA YAŞADIĞI MÜTHİŞ OLAYLAR

Mehmet'le son telefon konuşmamızı, 12 Kasım 1999 Cuma günü, Cuma namazından hemen sonra yapmıştık. Beni Düzce'den aramıştı. Ben de o esnada, Tokat'ın Turhal ilçesinde, değerli eğitimci meslektaşlarım Nurettin Pala ve Hakkı Kalaycı beylerin misafiriydim.

Mehmet'le telefon görüşmemiz uzun sürmüştü.

Mehmet:

-"Ben Düzce'ye geldim, hocam," demişti.. "Sılâ-yı rahim edeyim ve ailemi göreyim diye..."

Beni cep telefonumdan aradığı için, konuşmanın fazla uzamaması açısından, Cuma gününü ve Cuma namazını tebrik edip, kalbî dileklerimi ve temennilerimi sunduktan sonra, ben de teşekkür ettim ve konuşmayı bitirmek istedim.

Ama telefonu kapamıyor ve ayrılmak istemiyordu. Çok önemli bir şey söylemek istediğini anlamıştım.

-"Hocam " dedi, duygu yüklü bir girişle... "Biliyor musunuz, bu Cuma namazı, başka bir namaz oldu. Hayatımda böyle bir namaz kılmadım."

-"Nasıl," diye sordum, merakla...

O hisli, dokunaklı ve nezaket dolu ses tonuyla derin ve içli bir nefes alarak:

-"Bambaşka bir namazdı," diye tekrar etti.

Bir anda sesinin titrediğini, kelimelerin bölünüp, bittiğini anladım. Müthiş bir heyecan içindeydi. Sanki ağlamamak ve hıçkırığını bastırmak için, sık sık yutkunuyordu. Çok merak etmiştim. Mehmet'i bu kadar heyecanlandıran ve duygulandıran Cuma namazında neler olmuştu?

-"Mehmet," diye atıldım. "Kendini toparla hadi... Beni de heyecanlandırdın. Allah kabul etsin, Cuma namazını merak ettim. Anlat, seni dinliyorum."

Yine derin derin solumaya başladı, bir türlü sakinleşemiyordu.

-"Hocam, her gördüğümü anlatmak nasıl bir şey bilemiyorum. Acaba mesul duruma düşer miyim?" diye sordu, ağlamaklı bir eda ile...

Benim şaşkınlığım gittikçe artıyordu.

-"Ne demek," dedim, "her gördüğünü anlatmak? Neler gördün de, anlatmakta tereddüt ediyorsun?"

-"Neler görmedim ki..." diye, bir anda bıraktı kendisini.... Bir türlü hıçkırırları dinmiyordu. İçini yakan o gizemli ateşle toparlayamıyordu kendini bir türlü...

- "Hocam neler oldu bu Cuma namazında neler" diye devam etti, ağlamaklı konuşmasına... Sanki bir başka âleme gittim. Saniyeler içinde öylesine esrarengiz olaylar yaşadım ki, bir türlü kendime gelemiyorum."

Hıçkırıkları gittikçe artıyordu, yeniden...

Telefonun bir ucundan ben, diğer ucundan Mehmet, karşılıklı gözyaşı döküyorduk. Çok önemli şeylerin olduğunu anlamıştım. Yine Mehmet beni şaşırtmaya, beni heyecanlandırmaya ve çok ibaretli bir hadiseyle bana önemli dersler vermeye hazırlanıyordu.

Mehmet'in o temiz kalbi ve tertemiz duygularıyla, gözlerin göremeyeceği ulvî şeyleri gördüğünü tahmin etmiştim. Çünkü Mehmet öyle bir manevî makam yakalamıştı ki, o makamda çok şeyler görülebilirdi. Ama kendisi, kendisinin hangi manevi makamları işgal ettiğini bilmiyordu.

Hıçkırıkları biraz hafifleyince:

-"Mehmet seni dinliyorum," diye üsteledim. "Bana anlatmalısın. Çünkü senin yaşadıklarından ibret alacak birçok insan var. Hatta anlatmazsan mesul olursun."

Kendine has tatlı ve dokunaklı bir ses tonuyla anlatmaya başladı.

-"Cuma namazı için camiye girdim. Caminin sol tarafında boş bir yer bularak oturdum. Vaiz efendi güzel şeyler anlatıyordu. O anlattıkça ben kendi âlemime dalıp, gittim."

Mehmet tekrar anlatıp anlatmamakta tereddüt edince, devam etmesi için;

-"Sonra," diye ikaz ettim.

-"Sonra, kendi dünyamda bir yolculuk başladı, adeta etimi kemiğimden ayıran... Bu öyle bir yolculuktu ki Ya Rabbi! Bu büyülü alemi nasıl anlatsam, bilemiyorum."

Yine sesi titremeye başlamıştı., Mehmet'in.

-"Nasıl olduğunu bilemediğim ve anlayamadığım bu manevi yolculukta, karşıma bütün ihtişamıyla KÂBE çıkmıştı.Allah'ım! Bu ne muhteşem görüntüydü, bu ne inanılmaz bir alemdi. Ancak resmini gördüğüm bu ilahi mabet, bütün azametiyle karşımda duruyordu.

"Kendimi uçarcasına o kalabalığın içine attım. Tarif edilmez bir heyecan içinde, Kabe'de kılınan Cuma namazında saf tuttum. Nasıl anlatabilirim o andaki yüreğimde coşan duygularımı...O heyecan kasırgasını asla dile getiremem.

"Namazdan sonra baktım Kâbe'nin içine bir kapı açılmış, bazı insanlar oraya gidiyorlar. Ama oraya her insanı almıyorlar. Ben de şansımı deneyeyim, orada ne var diye, kapıya yöneldim. Kapıya kavuşunca baktım, benim çok sevdiğim ve çok iyi bir insan kapıda bekliyor. Onu görünce kucaklaştık. 'İçeri gir Mehmet, bak neler göreceksin' dedi.

"Heyecanla içeri girdim. Baktım ki muhteşem bir saray gibi bir yer. Tam karşıda bir kalabalık, kalabalığın önünde de bir kürsü kurulmuş, başta Peygamberimiz (a.s.m.), Hz. Ebubekir, Hz. Ömer ve diğer bazı zatlar ve yanlarında da Bedîüzzaman Said Nursî Hazretleri...

"Ben içeri girince, Bedîüzzaman Said Nursî Hazretleri bana işaret etti ve beni yanına çağırdı. 'Hoş geldin, kardaşım Mehmet' diyerek kolumdan tuttu, tam Peygamber Efendimiz'in (a.s.m.) önüne getirdi. 'Ya Resulâllah işte Mehmet budur' dedi.

"Peygamber Efendimiz saçımı okşadı, ben de mübarek ellerine sarıldım. Efendimiz şefkat dolu bir tebessümle yüzüme bakarak, yalnızca; 'Maşallah' dedi.

"O esnada, camide müezzinin sesini duydum ve kendime geldim, baktım ki, Düzce'de camideyim."

"Bu yolculuk bir hayal miydi, gerçek miydi bilemiyorum hocam? Ama oradaki doyumsuz ve mübarek havanın ciğerlerime işlediğini hissettim. Elimin dokunduğu yerin sıcaklığını, ta yüreğimde duyuyordum.

-"Mehmet'im seni tebrik ederim," diyebildim, büyük bir şaşkınlık içendi... Daha fazla kendinizi tutamadık ve yine karşılıklı ağlamaya başladık.

Bir müddet sonra da:

-"Camide de bambaşka bir cemaat vardı hocam," diye Mehmet içini çeke çeke konuşmasını sürdürdü.

-"Nasıl bir cemaat?" diye sordum.

-"Bambaşka bir cemaat... Bugüne kadar böyle bir cami cemaati görmedim. Özellikle de caminin sağ tarafını doldurmuşlardı. Tek tip elbiseli, son derece namaz âdâbına uygun oturuşları, ciddiyetleri ile dikkat çekiyorlardı.

"İlk anda bu insanların bir tarikata mensup bir topluluk olduklarını tahmin etmiştim. Ama değildi. Sanki insan üstü bir görüntü ve çok mükemmel bir davranış içindeydiler.

"O namazda aldığım hazzı ve lezzeti anlatamam. İçime tarifsiz bir huzur dolmuştu. Namaz boyunca ağladım, durdum.

"Ben böyle bir namaz, böyle bir cemaat görmemiştim. Böyle bir manevî havayı hiç solumamıştım."

Mehmet kendini bilmiyordu ama, onun iç dünyasında ve gönül ikliminde çok kutsal ve çok ulvî hadiseler cereyan ediyordu. Bütün bunlar, Mehmet'in kat ettiği manevî yüceliğin işaretleriydi. Artık inanmıştım ki, o meleklerle, velilerle ve şehitlerle namaz kılıyordu.

Mehmet'i fazla hislendirip, duygulandırmamak için tekrar telefon konuşmasını kesmek istedim.

Mehmet'in bana son cümleleri şunlar olmuştu:

-"Hocam size dün bir mektup yazıp, gönderdim. Ömür kısa, belki de görüşemeyebiliriz. Hakkınızı helâl edin, ellerinizden öpüyorum."

Ben de; kalbî dualarımı ve iyi dileklerimi ifade ettim.

Karşılıklı gözyaşları ve gönül ıslaklığıyla telefonu kapattık. Bu son sözler Mehmet için âdeta bir veda gibi olmuştu.

## DÜZCE DEPREMİNİN HABERİ, EVİN İÇİNE BİR BOMBA GİBİ DÜŞMÜŞTÜ

Bu telefon konuşmasının üzerinden 5 veya 6 saat gibi bir zaman geçmişti.

Turhal'da gönül dostlarım; Nurettin Pala ve Hakkı Kalaycı Beylerle birlikte bir grup öğrenciyle akşam yemeğini yiyorduk.

O esnada saat da 20:00 olmuş, haberler veriliyordu.

İlk haber sanki evin içine bir bomba gibi düşmüştü. Düzce'de 7.4 şiddetinde bir deprem olduğu haberiyle, âdeta oturduğum yerde buz kestim, şok oldum.

Tabiî ilk aklıma gelen 5-6 saat önce, uzun bir telefon konuşmasıyla dertleştiğim, ağlaştığım ve hatta vedalaştığımız Mehmet oldu.

Anî bir reaksiyonla; "Mehmet!" diye atıldım.

Birlikte aynı sofrayı paylaştığımız arkadaşlar şaşırdılar. Haberin etkisinden dolayı konuyu açamadım ve bütün heyecan ve korkuyla haberi izledim.

Ah Mehmet'im! Ah! Sen aylardan beri koşar adım gidiyordun, o yere doğru...

Ölüm ve kabir...

Her hareketin, her sözün, her heyecanın ve her gözyaşın bu gerçeğe işaret ediyordu. Sanki etrafına bunu duyurmak için çırpınıyordun.

Derhal telefona sarıldım. Ama ne mümkün... Bir türlü Mehmet'e ulaşamadım. Bu çabam tam iki gün sürdü. Netice alamayınca, depremin üçüncü günü Düzce'ye gittim.

Çok iyi bildiğim ve tanıdığım Düzce tam bir mahşerî kaynaşmayı ve savaş meydanını andırıyordu. Kimin ne yaptığı belli değildi. "Can pazarı" tabirinin ne manaya geldiğini, kelimenin tam anlamıyla Düzce'de görmüştüm.

Yıkılan evler, bozulan cadde ve sokaklar, etrafa saçılmış eşyalar, birbirlerini kaybetmiş insanlar, feryatlar, figanlar... Ya Rabbi! Seni unutan ve sana isyan eden bir imtihan verme kullarına...

Dayanmak, ne mümkün...

O insanlara yardım etmeye ve onlara çare olmaya gelen insanlar bile, çaresizlikte kıvranıyorlardı. Çünkü manzara o kadar yakıcı ve korkunçtu ki, böyle dayanılmaz sahneler karşısında ayakta kalmak bile çok büyük bir metanetti.

Feryatların ve çığlıkların birbirine karıştığı o dayanılmaz anda, bir yaşlının şu cümleleriyle teselli bulmuştum:

-"Siz Allah'tan daha şefkatli ve daha merhametli olamazsınız. Bütün bunların çok büyük hikmetleri vardır. Allah kullarına asla zulmetmez. Veren de O'dur, alan da... Biz kuluz, imtihan dünyasındayız. İnşaallah mükâfatını, ahirette alacağız."

İnşaallah...

Yıkıntılar arasından geçip, büyük bir panik ve korku içinde Mehmet'in evine ulaştım. O âna kadar sakladığım ümidim, apartmanın yerle bir olduğunu görünce bitti, tükendi.

Bu apartmandan sağ çıkmak ne mümkün. Oraya âdeta yığılıp kaldım.

# DEPREM OLURKEN MEHMET NAMAZ KILIYORMUŞ

Sağa sola bakınarak apartman sakinlerine ne olduğunu öğrenmek istiyordum.

Adının Kâmil olduğunu öğrendiğim yaşlı bir amcaya sordum bu içler acısı durumu:

-"Bu evde benim talebem vardı, adı Mehmet'ti. Acaba kendisinin ve ailesinin akıbeti ne oldu?Bir bilginiz var mı?"

Yaşlı dede, derin bir "ah" çekerek:

-"Sorma hocam," dedi. "O aile bizleri yaktı, geçti."

Daha fazlasını duyamadım. Bir anda gözüm karardı, beynime giren bir şimşek bütün dünyamı yangın yerine çevirdi. Kalbimi acımasızca avuçlayan bu kara haber, beni saniyeler içinde dozerler gibi ezip, geçti. Bütün vücudum, bir anda terlere battı. Daha fazla dayanamadım, olduğum yere çöküp, kaldım. Belki de ilk defa kötü bir haberin, insanı böylesine dermansız bıraktığına şahit oluyordum.

Yaşlı amca devam etti:

-"Ben o aileyi iyi tanırım. Bize uzaktan akraba da sayılırlar. Yaklaşık beş yıldır da komşuyduk. Çok iyi bir aileydi. Hele Mehmet, tam bir melek olmuştu, melek... Ama hepsi de bu enkazın altında can verdi. Cesetler çıkarılırken, ben de başlarındaydım.

Yaşlı dedenin gözleri bir anda parladı ve o da dayanamayıp, olduğu yere oturdu.

-"Ah evlâdım" dedi, içli ve yakıcı bir ses tonuyla... "Bu yaşa geldim, böyle ibretli bir sahneyle karşılaşmadım."

-"Ne oldu?" der gibi yaşlı gözlerine baktım, karşımda ki gün görmüş ihtiyarın...

Açıklamasına derin bir ızdırap içinde devam etti:

-"Cesetlere kavuştuk ki ne görelim. Yerde seccadeler serili. Bütün ev halkı namaz başında ve Allah'ın huzurunda... Son nefeslerini seccadelerin üzerindeyken vermişler."

Yaşlı amca dayanamadı, ağlamaya başladı:

-"Böyle güzel bir ölüm görmedim. Böyle şey duymadım. Böyle ölüm, sıradan insanlara nasip olmaz. O aile başkaydı, o ailede Mehmet vardı, Mehmet, o bir melekti, ben böyle bir genç görmedim. O Allah'ın yüce hidayetine ermiş birisiydi."

Göz yaşlarını silerek devam etti:

-"Mehmet önde, imam olmuş. Sırtında cübbesi, başında sarığı... Anne, baba, kız ve erkek kardeşi de arkada cemaat olmuş... Mehmet'in elinde Bedîüzzaman Said Nursî'nin Kur'an tefsiri olan SÖZLER isimli kitap... Herhalde namazı bitirmişler, seccadelerinden kalkmadan Kur'an tefsiri okuyorlarmış..."

Yaşlı amcanın anlattığına göre; Mehmet'in elindeki kitap açık, Mehmet de kitabın üstüne düşmüş. Çok enteresandır ki, kitabın açık olduğu kısmın adı, Haşir Risâlesi, yani ölümü, eceli ve ahireti anlatan bir bölüm... Âdeta, o hane halkı, ölüme; namazla ve ahireti anlatan Kur'an tefsiriyle gitmişler...

Allah'ım! Ne müthiş bir durum bu? Akılları hayran bırakan, kalpleri şaşkınlığa çevirin bir hal. Çok ama, çok ibretli bir sahne...

Yaşlı adam anlatmaya devam etti:

-"Cesetlere ulaşıp, bu hallerini görünce, işçiler yanaşmadılar. 'Bunlar düpedüz şehid, biz bunlara, bu kirli elimiz ve abdestsiz halimizle dokunamayız' dediler.

"Sonra abdestli birisini, bir din adamını çağırdılar. Geldi, cesetleri o kucaklayıp kaldırdı, kitabı da Mehmet'in kolları arasından çekip, aldı."

Duyduklarım karşısında âdeta, şok olmuştum. Şok olmak da ne kelime, adeta, eridim, tükendim.

-"Ya Rabbi Senin mağfiretin, Senin inayetin ve Senin merhametin ne kadar yüce... Seni çok seven bir kuluna, şehitlik makamını nasip ettin. Bizi de, mağfiretine ve rahmetine mahzar et! Amin!"

Allah'ı çok seven bir kulun, hayata veda edişi, ölümle, ecelle buluşması, ahirete gidişi tam bir ibret belgesiydi.

"Allah'ı sevmek ve ona kul olmak", âdeta her problemin çaresi, her sıkıntının ilâcı ve her çıkmazın çıkış yoluydu.

Devlete isyan etmek, kanunlara uymamak, toplumu karıştırmak, insanlara sıkıntı vermek ve daha birçok zararlı davranışların, "Allah'ı bilme ve Ona kul olma" anlayışı ve inancıyla çözüleceğinin en ibretli ve en çarpıcı misali Düzceli Mehmet'ti.

Hayata küsmüş, düzene ve kurallara isyan etmiş, topluma başkaldıran bir gencin, nasıl ıslah olduğu konusu, günümüzün toplumsal problemleriyle ilgilenen her insan için ibretti ve çarpıcı bir husustu.

İnsanların birbirleriyle kenetlenmesi, devlet-millet bütünleşmesi, hoşgörü ortamının oluşması, silâhtan, kandan ve kavgadan uzaklaşması için; kafa, kalp ve gönül eğitimine ve bunların ıslahına önem verilmesi gerekmektedir. Bunun yerleşmesinde ve insanın kendi içindeki oto kontrolün oluşmasında Allah ve ahiret inancının önemli rolü vardır.

İşte bunun en canlı örneği Düzceli Mehmet'ti.

Düzce'den ayrılırken, arkada yalnız bir Mehmet'i değil, onun umman gibi geniş, hayal kadar derin, Arş-ı Âlâ kadar yüksek ve nûr gibi parlak dünyasını ve hatırasını da orada bırakmıştım.

Onun yaşadıkları ve gördükleri, benim dünyamda fırtınalar estirmişti. Artık o benim talebem değil, ben onun talebesiydim. Çünkü onun eriştiği makamlar çok ulvî ve çok yüceydi.

Cenab-ı Hak mekânını Cennet etsin. Bizlere ahirette ve Cennette buluşmayı nasip etsin.

# MEHMET'İN DEPREMDEN BİR GÜN ÖNCE GÖNDERDİĞİ MEKTUP

Beni ümitlendiren, sevindiren ve birazcık üzüntümü unutturan, bana yazıp, gönderdiği mektup olmuştu.

Evime geldim ki, rahmetli Mehmet'in mektubu ulaşmış. Sanki karşımda çok sevdiğim Mehmet'i görmek istercesine mektubu açtım ve onu kokladım.

Titiz ve temiz bir yazıyla kaleme alınmış. Selâm ve dualarla başlayan süslü bir metin.

Bu mektubu bir ibret belgesi olarak paylaşmak istiyorum, bütün okuyucularımla...

Aziz, Muhterem ve Çok Kıymetli Hocam,

En samimî ve kalbî dualarımla ellerinizden öpüyor, çok iyi bildiğiniz bir talebenizden uzunca bir mektup takdim etmek istiyorum. Zaten siz de, çoktan beri böyle bir mektup yazıp kendi hayatımı, kendi kalemimle anlatmamı istiyordunuz.

Hocam kim bilir, belki de son konuşmamız olacak veya sonun başlangıcı... Onun için, içimi döküp, biraz rahatlamak istiyorum. Bu şekilde çok iyi tanıdığın bu öğrencini, daha iyi tanımış olursunuz. Ayrıca isteğinizi de yerine getirmiş olurum.

Daha önce de sizlere söylediğim gibi, bizler bir Bulgar göçmeniydik. Bugaristan'da Kırcaali'de yaşıyorduk. Bulgaristan Komünist Partisi, Türklerin isimlerini değiştirmek için 1985 yılından itibaren çok baskı yapmaya başlamıştı. Türk asıllı vatandaşlar işkence altındaydı.

Halk buna dayanamadı. Rahmetli Turgut Özal'ın sayesinde 1989 yılında ana yurdumuza geldik. Ben o zaman on bir yaşındaydım. Daha önce Türkçe eğitim aldığım için beni ilkokul 4. sınıftan başlattılar. Babam iyi bir arıcıdır ve bal ticaretiyle uğraşır. Bunun için daha çok Çorlu ve İstanbul'da kaldık. Son dört yıldır da yazları Düzce'de kalıyoruz. Ama ben burada çok fazla kalmamakla birlikte, Düzce'yi çok sevdim. Her yaz Düzce'de bir iki ay kalıyorum ve bu kısa tatilde büyük bir huzur buluyorum. Bunun için kendime Düzceli Mehmet denilmesinden çok hoşlanıyorum.

Ben ortaokulu Çorlu'da, liseyi de İstanbul'da okudum. Gerek Çorlu'da, gerekse de İstanbul'da kaldığımız yer bir zengin muhitiydi. Çevremdeki arkadaşlar her şeye boş vermiş, sıra dışı, asi ve her kurala karşı çıkan çocuklardı. İmkânları geniş olduğu için her şeyi elde etmeleri kolaydı. Her dedikleri de yerine gelince, sorumsuz ve haylaz bir hayat anlayışına sahip oluyorlardı.

Özellikle ortaokuldayken bazı öğretmenler, din ve dindarların aleyhinde sürekli konuşup, dururlardı.

Dinin modası geçmiş bir inanç olduğunu, ahiret ve hesap gibi bir şeyin olmadığını, insanın bu hayatta istediği gibi yaşaması ve özgürce bir ömür sürmesi gerektiğini anlatırlardı. O zaman din dersine gelen bir öğretmenimiz vardı ama, çok yetersiz ve çok cılız kalıyordu. Sorduğumuz sorulara cevap veremiyor, diğer hocaların "Allah ve islam"la ilgili ileri sürdükleri iddiaları da cevaplayamıyordu. Belki de o ortamda baskı altında korkuyordu.

Bu şekilde ruhumda bir boşluk ve manevi bir çöküntü oluşmaya başlamıştı. Annem -babam bu duruma karşı çıkıyorlardı ama, kim dinler, "öğretmenimiz daha iyi bilir" diye geçiştiriyorduk. Ailem Bulgaristan'dan geldiği için, dinî duygular açısından kuvvetli bir geçmişimiz de yoktu. Bizler din ve dinî değerlerle ilgili doyurucu bir eğitim alamamıştık.

Liseye geldiğimizde bu durum daha da ilerledi. Çevremizde "Kuralsız Gençlik" diye bir grup vardı. Bu grup, entel, hayata kafa tutan, kurallara uymayan, ciddi şeylere boş vermiş, inkârcı ve elit kesimin çocuklarıydı.

Giyimleri, tavırları, konuşmaları, ilişkileri tamamen sıra dışı ve dikkat çekiciydi.

Benim ailem çok varlıklı olmamasına rağmen, ben de bunlar gibi yaşıyordum. Bu yüzden anne ve babamla sürekli kavgalıydık. Benim bu hâlime annem çok üzülür ve ağlardı. Babamla bütün köprüleri atmıştık. Beni defalarca evden kovdu, harçlık vermedi.

Ama, "Kuralsız Gençlik"ten vazgeçmedim. Çünkü, sorumsuz ve hesapsız yaşamak hoşuma gidiyordu.

Lise son sınıfa geldiğimde bu grubun lideri durumundaydım. Bazı dersleri az bir çalışmayla, bazı dersleri de hocaları tehdit ederek geçiyorduk.

Burada gözlediğim en önemli konu şuydu: Kuralsız gençler, bu kadar başıboş, darmadağın, inançsız ve isyankâr olmalarına rağmen, medenî, cesur, çağdaş ve zamane gençleri olarak nitelenip pek dokunulmuyordu. Halbuki her gün bir disiplin problemi çıkarıyorduk.

Dinine bağlı, çevresinde güzel yaklaşımlar ve örnek davranışlar sergileyen öğrencilere ise, derhal müdahale edilip; gerici, yobaz, antilaik gibi sataşmalarla, küçük düşürülmeye çalışılıyordu. Halbuki bu arkadaşlar, devleti, milleti bizden bin defa daha fazla seviyorlardı. Tabiî o zaman bu bizim çok hoşumuza gidiyordu.

Liseyi bitirdikten sonra babam benimle pazarlık etti. "Ya üniversiteye girersin, ya da asla harçlık ve para bekleme," diye...

Baktım iş ciddi. Hem harçlığın kesilmemesi, hem de biraz çevre değiştirip, değişik ortamlarda eğleneyim diye, bir ay ders çalıştım ve üniversiteyi kazandım.

Allah'a binlerce şükür olsun ki, üniversiteyi kazanmam, bu kötü hayatın sonunu hazırlamıştı.

Okula gelir gelmez, benim gibi veya bana yakın düşünenlerle birlikte bir grup oluşturmuştuk. Niyetimiz, okuldan kovulana kadar bazı maceralar yaşamaktı... Çünkü ruhumda öyle bir boşluk vardı ki, saldırmaktan, üzmekten, kuralları çiğnemekten, sivri ve sevilmeyen davranışlarda bulunmaktan sonsuz bir zevk alıyordum.

Kimsenin bizi ayıplaması hiç umurumuzda olmuyordu. Tek düşündüğümüz şey, kuralsız, engelsiz ve istediğimiz her şeyi yaşamaktı.

Burada bir gerçeğin daha altını çizmek istiyorum. Yaşamın huzur ve zevki namına yaptığımız bu çılgınlıkla aslında huzur bulamıyorduk, yalnızca kendimizi aldatıyorduk. Çünkü, en sıkıntılı hayat amaçsız ve başıboş olan bir hayattır. Ne yapacağını, nereye gideceğini, nasıl bir ömür yaşayacağını bilmemek kadar insanı sıkıntıya sokan ve huzursuz eden başka bir şey yoktur.

Hâşâ Allah'ı, dini ve ahireti inkâr ettiğim halde, yine de içimden bastıramadığım ve önüne geçemediğim bir inanç kıvılcımı vardı. Ama, o kıvılcımı duymamaya ve hissetmemeye çalışıyordum. Aslında aklıma gelen bazı soruları, bazı hocalara ve imamlara sormuştum. Onlar benim istediğim şekilde cevap verip, beni tatmin etmeyince, daha çok inkârımı ve inançsızlığımı arttırmıştı. "Demek ki, yok, olsa, akıl ve mantığıma uygun cevaplar verirler" diyordum.

Sizinle tanışmamız, hayatımın dönüşünde ilk adım olmuştu. Beni en çok etkileyen, sert, aykırı ve pervasız hareketlerime karşı çıkmadan, nezaketli ve yumuşak bir üslûpla cevap vermenizdi. İşte o zaman kendi içimden çok utanmış ve çok mahcup olmuştum.

Fikirlerimi ve görüşlerimi anlatırken beni sonuna kadar dinlemeniz, bana değer vermeniz ve ciddiye almanız içimden size karşı müthiş bir sevgi ve sempati duygusu oluşturmuştu. Çünkü, kaba ve anlamsız hareketlerimden dolayı, o güne kadar hiçbir öğretmen bana hoşgörüyle bakmamıştı ve beni adam yerine koymamıştı.

Bundan dolayı farklı bir tavırla karşılaşıyordum.

Sizinle özel olarak tanışıp, sohbetlerinize iştirak ettiğimde, aklıma, kalbime ve iç dünyama farklı, anlamlı ve bambaşka bir dünya doğmuştu. O müthiş bir âlemdi.

Hele ilk sohbetimizde güzel bir giriş yapmıştınız ki, onu hiç unutamam.

-"Bütün kâinat, içindeki her şeyle beraber insana koşuyor, insana yardım ediyor, insanı ayakta tutmaya çalışıyor ve insanın varlığını destekliyor. Bir insana hesapsız olarak yapılan bu kadar yatırımın amacı ne olabilir?"

Örneklerle süslediğiniz bu küçük paragraf, beynime bir şimşek gibi düşmüştü. Sanki ilk defa böyle bir şey duyuyordum veya ilk defa insanı keşfediyordum.

Arkasından şu paragrafi okumuştunuz.

-"İnsan, ipi boğazına sarılıp, istediği yerde otlamak için başıboş bırakılmamıştır; belki bütün amellerinin suretleri alınıp, yazılır ve bütün fiillerinin(yaptıklarının) neticeleri muhasebe(hasap) için zapt edilir." (Sözler)

Bu paragraf tam benim hayatıma bir cevaptı. İnsanın başıboş olamayacağını ve sonunda bir hesabın geleceğini, anlamlı bir örnekle açıklayan bu paragraf, ikinci kez beni sarsmıştı.

İşte dönüşümün başlangıcı böyle başladı.

Sohbetlerimiz, sizden aldığım kitaplar, bana olan sıcak yaklaşımınız ve iltifatlarınız, gönlümü fethetti.

Hele ilk ziyaretlerimde, beni ayağa kalkarak karşılamanız ve çıkışımda da, ayakta kalıp kapıya kadar uğurlamanız, kendi elinizle çay ikram etmeniz, beni size ve anlattıklarınıza bağlayan çok önemli ayrıntılardı.

Konuşmalarınızdan çok güler yüzlü hâliniz ve sempatik yaklaşımlarınız ilgimi çekiyordu. Çünkü benim dünyamda ve yaşadığım hayatta bunlar yoktu.

"KENDİNİ ARAYAN ADAM" isimli kitabınız, beni etkileyen en önemli ve en ciddi bir kitaptı. O kitapta kendimi ve kafamda biriken birçok sorunun cevabını buldum. Bu kitabı her genç istisnasız okumalı ve hatta filme alınarak bütün insanlara gösterilmelidir.

Risâle-i Nûr kitaplarını okuyunca da tam anlamıyla bir gerçeği yakaladım. Ben bir kulum, benim yaratıcım var, her yaptığım işin hesabını vereceğim. Bu çok önemli tespit, ilmî, mantıkî ve aklî delillerle öylesine içime işledi ki, geçirdiğim başıboş hayata lânet okumaya başladım. Beni bu hâle getiren öğretmenlere, arkadaşlara ve çevreye çok kızdım. Çünkü, bizi mahvetmişlerdi.

Meğer ki Allah'a kul olmak ve O'na itaat etmek kadar insana huzur, huşu ve haz veren bir başka şey yoktur. O'na secde etmek, O'na yalvarmak, O'ndan istemek ve O'na sığınmak... Bu tarifsiz bir huzur veriyordu, günahlarla kirletilmiş kalbime... Ve maalesef böyle bir huzur için, nelere sığınıp, nelerden medet beklemiştim.

Şunu çok iyi anlamıştım ki, ailenin, toplumun ve devletin düzeni, insanların teslimiyetine ve ahirete olan inanca bağlıdır. Yaptıkları en küçük hatanın hesabını vermeye inanan insanlar kime zarar verebilir? Hangi kanunu çiğneyebilir? Kime silâh çekebilir, kimin kanını dökebilir? Kimi incitebilir?

Eğer toplumda kargaşa, huzursuzluk, haksızlık, zulüm ve çatışma varsa, insanlar kulluğunu, dünyaya ne için geldiklerini ve hesabı kime vereceklerini unutmuşlar, demektir. İnsanı ve toplumu başka türlü kontrol altına almak mümkün mü?

Bunu ben kendi hayatıma bakarak çok iyi anlıyorum. En büyük kontrol ve asayiş, insan içindeki denetçi ve yasakçıdır.

Kâinat insan için yaratılacak, kâinat içindeki milyarlarca nimetler insan için var edilecek, bütün mahlûkat insana hizmet edecek, peki insan bu kadar masrafa karşı ne yapacak? Görevi ne olacak? Nasıl bir hayat sürecek? Hayatını nasıl düzenleyecek? İlişkileri, tavırları ve görevleri ne olacak? İşte gençliğe bunlar anlatılmalı, bu konular işlenmeli. İşlenmeli ki, insan nasıl bir kıymet ve emanet taşıdığını, bu hesabı nasıl ve kime vereceğini bilsin. Benim okuduğum ve çok istifade ettiğim Risâle-i Nûr kitapları konuya bu açıdan bakıyor ve inanç değerlerini bu metotla ele alıyor. Bunun içindir ki, bütün dünya bu Kur'an Tefsiri'ni okuyor.

Allah'a şükür, Yaratanımı tanıdım, görevlerimi anladım. Dünyanın faniliğini hissettim. Bir hesap yerine ve hesap gününe süratle yaklaştığımı gördüm.

Ve çok iyi anladım ki, ömür kısa, yapılacak işler çok, bir saniye bile boşa geçmemeli. Her an karşımıza çıkacak olan bir ölüm gerçeğiyle yüzleşmeden önce, acilen yapacaklarım olmalı. Bunun için de, ölümün benden istediği şeyleri çok iyi bilmem lâzımdır. Bilmem lâzım ki ona göre hazırlanayım. Çünkü bir kulun en önemli vazifesi budur.

Önceleri ölümden çok korkardım. Birileri ölümden bahsedince oradan uzaklaşırdım. Sanki kaçmakla, ölümden kaçılıyor gibi...

Abartısız söylüyorum ki hocam, şimdi ölümden korkmuyorum. Tam aksine ölümü sevmeye başladım. Çünkü ölüm beni sevdiklerime kavuşturacak. Yani bir bilet, bir araç bir uçak gibi... Başta Peygamberimiz (a.s.m.) olmak üzere binlerce mübarek insanlara beni kavuşturacak olan ölümden niçin korkayım?

Bedîüzzaman Hazretlerinin dediği gibi, ölüm bir mekân değiştirmedir ve insanı dost ve ahbaba kavuşturur. Bundan daha güzel bir vasıta olur mu?

Muhterem Hocam,

Mektubu çok uzattım.

Satırlarımı şu son arzumla bitiriyorum:

Ben Allah'a, ahirete, Kur'an'a ve Peygamberimize (a.s.m.) inanıyorum, güveniyorum. Bu mektubu, ahirette, Allah huzurunda imanıma şahit olasın diye yazdım. Ne olursunuz hocam, o mahşer gününde beni unutmayın ve utandırmayın. Çünkü sizi imanıma şahit göstereceğim.

Allah bizi Cennet-i âlâda, binlerce mübarek ve muhterem insanlarla birlikte cem etsin.

Hakkınızı helâl edin. Hürmetle ellerinizden öperim.

11.11.1999

Öğrenciniz

Düzceli Mehmet

## MEHMET'LE İLGİLİ GÖRÜLEN ÇOK ÇARPICI BİR RÜYA

Düzceli Mehmet'in vefatından sonra, onu rüyasında gören birçok öğrencim, bu rüyaları benimle paylaşmışlardı. Bunlardan çok ibretli ve çok düşündürücü bir rüyayı, sizlerle paylaşmak istiyorum:

Düzceli Mehmet'in arkadaşlarından ve aynı zamanda benim de öğrencim olan Mustafa ismindeki talebem, rahmetli Mehmet'le ilgili şöyle bir rüya görüyor:

Mustafa, Kırıkhan'da ikamet eden ve çok değerli bir âlim olan Ali Sert Hocayla birlikte bir seyahate çıkıyorlar.

Emsalsiz ve tarifi mümkün olmayan müthiş bir yere gidiyorlar. Oranın göz alıcı güzelliği âdeta Mustafa'yı kendinden geçiriyor.

-"Burası neresi?" diye soruyorlar.

Oradakiler, "Bu ihtişamlı yerin, Bediüzzaman Said Nursî ve talebelerine ait olduğu" söylüyorlar.

Heyecanla giriyorlar... Az sonra çok büyük bir sarayın

önünde bir kalabalıkla karşılaşıyorlar. Bakıyorlar ki kalabalığın içinde, Bediüzzaman Said Nursî ve talebeleri...

Bediüzzaman Said Nursî, Ali Sert Hocaya çok iltifat ediyor, Mustafa'ya da "Hoş geldin Mustafa'm" diyerek başını okşuyor.

Bediüzzaman Said Nursî'nin yanında talebelerinden Zübeyir Gündüzalp, Bayram Yüksel ve Hulusi Yahyagil gibi isimler bulunuyor.

O esnada Düzceli Mehmet de görülüyor. Düzceli Mehmet Zübeyir Gündüzalp'in(Said Nursi'nin en büyük talebesi) yanında, sanki ona sığınmış ve onun himayesindeymiş gibi bekliyor.

Düzceli Mehmet, Mustafa'yı orada görünce sarılıyor.

Bediüzzaman Said Nursî'nin talebesi Zübeyir Gündüzalp, Düzceli Mehmet'e, Ali Sert Hocayı işaret ederek:

-"Bak Mehmet," diyor. "Bu zat, çok âlim ve fazıl bir zattır. Aynı zamanda, hocayın da hocasıdır."

Düzceli Mehmet büyük bir heyecan içinde, Ali Sert Hocanın elini öpüyor, hocasına selâm gönderiyor.

Mustafa, Düzceli Mehmet'in yanına gelerek:

-"Bizler sana çok üzüldük, çok ağladık. Senin ve ailenin vefatı herkesi üzdü," diyor.

Bunun üzerine Düzceli Mehmet:

-"Herkes bana öldü diyormuş. Bak ben ölmedim. Biz bütün ailece, Üstadımız Bediüzzaman Said Nursî'yi ziyarete geldik. Ailem de burada. Bu mevsimi burada geçirip, tekrar döneceğiz.

"Arkadaşlara, hocama selâm söyle, biz ölmedik, yaşıyoruz. Onları çok özledim, tekrar dönüp görüşeceğiz."

Mustafa, Düzceli Mehmet'le konuşurken uyandırılıyor.

Hayatını, inkâr ve günahlarla geçiren bir gencin, Kur'an ve iman hakikatlerini tanıdıktan sonra, nasıl kendisine ve topluma hayırlı bir insan olduğu... Dönüş yapıp, vefat ettikten sonra da kimlere dost ve kimlere yoldaş olduğu... Biz yaşayan insanlara tam bir ibret dersidir. Bu derse, günümüzde her insanın şiddetle ihtiyacı vardır.

# DÜZCELİ MEHMET HAKKINDA ÇOK İBRETLİ BİR MEKTUP

Düzceli Mehmet'in depremde vefat etmesi, hocası olarak beni ne kadar üzdüyse, arkadaşlarını da çok üzmüştü.

Depremde Mehmet ve ailesi rahmetli olunca, Mehmet'in arkadaşları taziyelerini, hocaları olarak bana iletip, acılarını benimle birlikte paylaşmışlardı.

Mehmet'in göçük altında şehit olmasıyla ilgili olarak o kadar hisli ve duygu yüklü telefonlar ve mektuplar aldım ki, bunlardan hiç değilse, örnek olması bakımından bir mektubu bir ibret belgesi olarak sunmak istiyorum.

İnanıyorum ki, bu mektup okunduğunda, kendinizi bir kez daha bu duygu seline kaptıracak ve bir kez daha göz yaşlarınızı tutamayacaksınız.

Sayın Hocam, Değerli Büyüğüm Halit Bey;

Hayatımda saygı duyduğum nadir hocalardan birisi olarak, en içten hürmetlerimle ellerinizden öperim.

Duygularımı, hislerimi, acımı ve hayretimi, uzun bir telefon konuşmasıyla sizlere aktarmaya çalıştım. Ama konuşma boyunca hıçkırıklar içinde neler anlattığımı da pek bilmiyorum.

Size anlatmaya çalıştığım duygularımı ve anımı, sizin isteğiniz üzerine başkalarına da örnek olsun diye kâğıda döküyorum.

Bu hatırayı kağıda dökmek çok zor. Çünkü içimde kabarıp gelen hislerime mâni olamıyorum. Direncim bitiyor, gözyaşlarımı durduramıyorum.

Eminim ki Allah insana böyle bir hadiseyi yaşatıyorsa, önemli dersler ve ibret için olmalıdır.

Düzceli Mehmet olayı, yalnız Düzceli Mehmet'in dönüş hikâyesi ve vefat edişi değildir. O olay öyle ibretli, öyle tesirli, öyle yakıcı ve yandırıcıdır ki, kim dinlemişse, kim şahit olmuşsa, kim olayın yakınında bulunmuşsa, dayanamamış ve kendinden geçmiştir.

Hocam, biliyorsunuz ben Mehmet'in sınıf arkadaşıydım. Bir müddet de aynı sırayı paylaşmıştık. Yani onu en iyi tanıyan, gözleyen ve onun dönüşüne şahit olan arkadaşlarından birisi de bendim.

Düzceli Mehmet, bir Bulgaristan göçmeni arkadaşımızdı. Güçlü, kuvvetli bir yapısı vardı. Çok açık sözlüydü. Lâfi sözü çekmez, pat diye alnına vururdu.

Tam bir ateistti. İnanç adına hiçbir şeyi yoktu. Açık açık, Allah'ın dininin olmadığını ve hatta gereksiz olduğunu savunurdu. Bizler üzerine gidince de, "Kaba kuvvete baş vurmayın, beni ikna edin" deyip, bizleri mahcup ederdi. Çok okuyordu. Bilgisi ve kültürü fazlaydı. Özellikle de felsefî kitaplara ilgi duyuyordu.

Onun imansız ve dinsiz olarak yetişmesinde bazı öğretmenler ve arkadaşları etkili olmuş. Ama çok mert, doğru sözlü ve çok zekî bir arkadaştı.

Epeyce bir çevresi vardı. Görüşlerini etrafa anlatıp dururdu. Ben kendisiyle defalarca kavga etmiştim.

Hocam bildiğiniz gibi, ben hem çalışıyor, hem de okuyorum. Okula birkaç yıl geç başladım. Sanıyorum yaş olarak Mehmet'ten büyüktüm. Bu yüzden bana biraz daha saygı duyuyordu.

Sizi çok seviyordu. Her fırsatta, "Hoca olacak insan, fikir beyan edecek insan ve tartışacak insan Halit Hoca gibi olmalı" deyip, size her fırsatta saygısını anlatırdı.

İlk derslerde Mehmet'i, kollayışınıza ve onu onure edişinize bir mana verememiştik. Onun sert çıkışlarına, inkârına ve imansız görüşlerine, neden ses çıkarmadığınızı, neden bozmadığınızı ve niçin susturmadığınızı, sonra anladık. Bunun bilinçli bir metot olduğunu geç fark ettik.

Onu onure ederek, önce dostluk kurdunuz sonra da ona doğruları anlattınız, sonuçta topluma ve dine kazandırdınız.

Düzceli Mehmet'in dönüş yapması, en fazla bizim sınıfı etkilemişti. Hatırlarsanız, birçok kız arkadaşımız örtündü, bazı arkadaşlar namaza başladılar. Özellikle de inançlı geçinip de, yaşantıları pek de düzgün olmayan arkadaşlar bu olaydan çok etkilenmişlerdi.

Düzceli Mehmet olayının bana bakan bir yönü var ki, esas bu konuyu sizinle paylaşmak istiyorum. Hayatımın en büyük anısı bu kısımdır.

Hocam ben okula başladığım zaman, yeni evlenmiştim. Eşim de benim gibi memurdu. Benim az çok bir inancım olduğu için, eşimin de ibadetlerini yapmasını istiyordum. Ama eşim bir türlü Allah'ın emirlerine ve ibadetlere yanaşmıyordu.

Dolayısıyla evimizde, ilk günden itibaren, bitmeyen bir huzursuzluk yaşadık. Kaç defa ayrılmanın eşiğinden döndük. Her namazımda Allah'a yalvarıyordum, bu yuvanın kurtarılması için...

İşte Düzceli Mehmet olayı, bizim eve de Hızır gibi yetişti... İnanılmaz bir olay yaşadık.

Eşimle birlikte 29 Nisan 2000 Cumartesi günü parka çıkıp, biraz gezmeye karar vermiştik. Parka doğru giderken, bir gazete almak için, gazete bayiine girdim. Bizim sınıfta Hilmi Düzgün isimli bir arkadaşımız vardı, hocam siz de hatırlarsınız, onunla karşılaştım. Elinde YENİ BİR HAYAT isimli, sizin yeni çıkmış olan bir kitabınız vardı.

-"Cemil, bu kitapta Halit Hocam, Mehmet'in kısaca hayatını anlatmış. Çok etkilendim," dedi.

Mehmet deyince çok heyecanlandım:

-"Okuduysan bana ver, ben de okuyacağım" dedim.

Kitabı aldım. Gazete almayı da, o heyecandan unuttum, eşimin yanına döndüm.

Eşime, etkili olsun diye, birkaç kez Düzceli Mehmet'ten bahsetmiştim ama, hiç ilgilenmemişti.

Kitabı elimden aldı, önce sizin hayatınızı okudu. Önemli işler başarmış bir hoca olduğunuza kanaat getirdikten sonra, Düzceli Mehmet bölümüne geçti.

Ben de iltifat olsun diye:

-"Sesli oku da birlikte istifade edelim, ben de merak ediyorum, bilmediğim çok şeyler vardır" dedim.

Eşim sesli okumaya başladı. Ben de hem dinliyor, hem de içimden "Ya Rabbi, eşime de tesir halket, onu da uyandır, onun da imanına ve inancına kuvvet ver" diye yalvarıyordum.

Düzceli Mehmet olayı o kadar ibretli ve derslerle doluydu ki, etkilenmemek mümkün müydü? Eşimle birlikte olayların peşinde sürüklenmeye başladık. Ben eşime bakıyorum, onun gözleri nemli... O bana bakıyor, benim gözlerim nemli...

İlk defa eşimin, imanî bir olay karşısında etkilendiğini görüyor, sevincimden Allah'a yalvarmaya devam ediyordum.

Nasıl sevinmem, nasıl mutlu olmam hocam! Onun, Allah'ın emirlerini tutmasını, ibadetlerini yapmasını o kadar istiyordum ki, anlatamam.

Ama tepki göstermesin diye, üstüne gitmedim. Olayı, kendi içinde, kendi kendine değerlendirsin istedim.

Yüce Allah'ım dualarımı kabul etti.

Düzceli Mehmet, kendisini ve ahiretini kurtarıp şehit olmakla kalmadı, bizim evimizin huzurunu ve mutluluğunu da kurtardı.

İkinci gün yani 30 Nisan 2000 Pazar sabahı, ilk defa eşim:

-"Kalk Cemil, ezan okunuyor" diye beni uyandırdı.

Kalktım abdest aldım, arkamdan kendisi de geldi.

Hiç ummadığım ve beklemediğim bir şekilde:

-"Cemil, ben de namaz kılacağım" dedi. Ve abdest almaya yöneldi.

Hey büyük Allah'ım, bu ne büyük bir duygu, bu ne tarifsiz bir mutluluk. Heyecanımdan elim ayağıma dolaştı. Koltuğun üstüne oturdum, ağlamaya başladım.

Ya Rabbi, bizlere hep, böyle mutlulukla ağlamayı nasip et...

Yıllardır, evimize çöken huzursuzluk, Düzceli Mehmet'in o ibretli hayatının etkisiyle, mutluluğa ve huzura dönüştü.

Hocam, sizlere çok dualar ediyoruz, Mehmet'e de rahmetler diliyoruz. O yaşadı, şehit oldu gitti ama, geride bıraktığı hatıraları insanlara tesir etmeye ve onların da hayatlarını değiştirmeye devam ediyor.

Hocam, müsait olduğunuz bir hafta sonu sizleri mutlaka misafir etmek istiyoruz. Bizlere zaman ayırırsanız çok sevinirim.

Ellerinizden öpüyorum. Eşimle birlikte, hayır dualarınızı bekliyoruz.

01.05.2000

Cemil Aktaş

# OKUYANLARIN GÖRÜŞLERİ

Ben doktorum, insanları tedavi ediyorum. Ama Düzceli Mehmet isimli kitabınızı bir hastam vasıtasıyla okuyunca, gerçek hasta olan ben olduğumu anladım. Düzceli Mehmet ise bana bir ilaç gibi geldi.

Hocam size nezaket olsun diye değil, yürekten, gönülden teşekkür ediyorum. Yazdığım her reçetenin yanında Düzceli Mehmet'i de hastalarıma hediye ediyorum.

*Dr. İbrahim Boran*

❄

Düzceli Mehmet, bizim de ele-avuca sığmaz oğlumuz için, kurtuluş vesilesi oldu. Eşimle birlikte sizlere çok dualar ediyoruz.

Ben öğretmenim. Elimden geldiği kadarıyla öğrencilerime kitaplarınızı öneriyorum ve okutuyorum.Bilmenizi istiyorum ki kitaplarınız sayesinde bir çok öğrencim kapandı, bir çok öğrencim de namaza başladı. Ne diyeyim. Rabbim kaleminize teysir halketsin.

*Süleyman Ciner*

❄

Ben alman ordusunda subayım. Burada doğdum ve buranın kültürüne göre büyüdüm. Ne yazık ki, kendi milletimi ve dinimi unuttum. Düzceli Mehmet başta olmak üzere, kitaplarınız bana yeni bir hayat verdi.

Dinimi ve Allah'ımı tanıyan bir müslümanım artık. Bu kitapları her dile tercüme edin, filmlerini yapın. Buradaki gençlerin buna çok ihtiyacı var.

Nalan Can

❄

Saygı değer hocam,

Kitaplarınızdan çok yararlanmış, iki arkadaş olarak, en temiz dualarımızla, sizleri selamlıyor, en içten dileklerimizle uzun ömürler diliyoruz...

Bizler yurtdışında yasayan, örf ve adetlerimizden uzak bir ortamda yetişen iki genç kızız. Muhteşem eserlerinizle ve özellikle de Düzceli Mehmet'le bizim hayatımıza doğru yolu öğreten, hayatin gerçeklerini daha iyi anlatan bir insan olarak size minnettarız. Daha nice kendini arayanların, kendini bulmalarına ve yeni ve güzel bir hayata başlamalarına vesile olmanız dileğiyle, saygı ve hürmetler hocam.

Dilara ve Neslihan

❄

Hayatımda okuduğum en mükemmel kitap.. Bana okumayı sevdirdiği için Halit hocama sonsuz sevgiler.. İçimden İstanbul'un o huzurlu gecesinde sokağa çıkıp bağırmak geliyor... İnsanlar uyanınnnn.... diye. İşte bu kitap, bizim sessiz çığlığımızın sesi oldu. Allah kaleminize kuvvet versin Hocam.

Selim

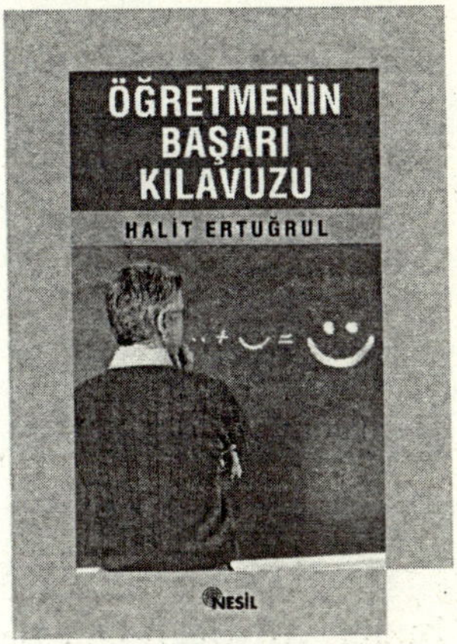
ÖĞRETMENİN
BAŞARI
KILAVUZU
HALİT ERTUĞRUL
NESİL